世界动物小说

征服森林的野猪王

[日]草山万兔 著　[日]金尾惠子 绘
孙雅甜 译

贵州出版集团　贵州人民出版社

目录

森林野猪王 ………………………………… 5

野猪宝宝 ……………………………………… 7

与西表山猫的战斗 ………………………… 19

野猪妈妈之死 ……………………………… 33

独自生存 …………………………………… 42

森林的恩赐 ………………………………… 54

草山陷阱的悲剧 …………………………… 66

森林王者 …………………………………… 79

值得敬佩的敌人 …………………………… 93

迈向新生的对决 …………………………… 112

没有左手的黑熊 ················ 129

掉进陷阱的小熊 ················ 130

帕丁，回归山里 ················ 150

独自生存的智慧 ················ 166

森林中恋爱的季节 ············· 182

重逢 ····························· 199

关于野猪和最近的黑熊 ············· 215

森林野猪王

里欧几乎用肉眼看不见的飞快速度甩了甩头,与此同时以猛烈的势头向前冲去,隆隆踩踏着大地,径直飞奔而去。

细叶榕

野猪宝宝

细叶榕已经有一千多岁了。在过去那漫长的岁月中，有好几次它都差一点儿丢了性命。

这座西表岛是台风的必经之地。每年的六月到十一月，台风总会如约而至，简直成了一年的例行仪式。有时候，细叶榕的树叶被吹掉好多，枝干被吹得摇摇欲坠，甚至整棵树都被台风吹得光溜溜的。

每当这个时候，一股令人难以置信的强大生命力就会像泉水一样源源不断地涌出来，新鲜水灵的嫩叶长出来了,嫩枝也顽强地伸展出来了。现在,细叶榕已经长成了一棵直径超过一米、高达二十米的大树,它展开茂密的枝叶,仿佛要把整个森林揽入怀中。作为这座岛屿的历史见证者,细叶榕巍峨矗立,浑身彰显出王者的风范。

在日本,细叶榕只生长在屋久岛至冲绳一带的亚热带地区,是无花果的同类。到了八月,细叶榕就会长出无数指尖大小的果实,引来各种鸟类和狐蝠,一场热闹的水果狂欢开始了。细叶榕把自己生存千年获得的生命的喜悦与各种动物一起分享。

在细叶榕绿色的屋檐下,有许多粗壮的气生根从树枝上垂了下来,仿佛织起了一张竹帘,围起了一方阴暗的空间。细叶榕的四周生长着蚊母树、红楠树、白背栎、红厚壳等常绿树木,它们组成了一片茂密幽深的森林,一眼望去看不到边际。

三月即将结束,本州的樱花也快开了。杂树林中落叶树的树芽还硬硬的,这是为了抵御偶尔造访的降温和霜冻,守护好刚刚发出的新芽。一棵棵光秃秃的树木矗立在料峭的春风中,瑟瑟发抖。不过,西表岛几乎四季常夏,这里的春天平均气温能达到二十摄氏度,最低也在十五摄氏度。

在距离细叶榕几十米远的树林里,洒满阳光的地面上有一个高几十厘米、直径三米左右的草垛。这个草垛隐藏在周围的长草和藤蔓中，乍一看就像是一团茂盛的草丛。

冬天的季风停了，只有阵阵微风在摇晃着林中的树叶。这是一个满眼绿色的宁静的春日午后。突然，一阵低低的"呜——呜——"的叫声从细叶榕树后传来，打破了这宁静的空气。

几乎在同时，像是接到了暗号似的，草垛窸窸窣窣地晃动起来，几根草从草垛一角飞了出来，紧接着一只成年雌性野猪跳出了草垛。然后，五只小野猪陆陆续续钻了出来，他们紧紧地跟着妈妈，寸步不离。

婴儿时期的野猪幼崽，茶褐色的体毛上长着白色的条纹。这种花纹很像瓜类的花纹，因此野猪幼崽又被称为"瓜宝宝"。这种条纹只在野猪的婴幼儿时期才有，出生三个月后就会消失，然后变成和成年野猪一样的体色。

那个草垛是野猪的窝。临近生产时，野猪妈妈会在地上挖一个坑，用尖利的牙齿咬断茅草、芒草和常春藤等植物，收集起来盖在坑的上面，这样野猪窝就建成了。野猪不像鸟类，鸟类栖居在草垛上面，而野猪则是在草垛下面挖出一个洞，在洞里生产、育儿。

阳光透过树叶照在林间的地上，野猪妈妈咕噜一下躺了下来，晒起了太阳。她那白白的肚皮上生长着柔软蓬松的毛发，六个奶头在毛发间若隐若现。一只野猪宝宝飞快地窜过去，咬住了奶头，看起来他在窝

里没有吃饱。

其余四只野猪宝宝已经吃饱喝足了，便在四周跑来跑去，你撞我我撞你，玩得不亦乐乎。一棵高大的樟科植物红楠树上，停着两只绿翅金鸠，它们发出轻快的"可，可噜噜，呼，可噜噜"的叫声，一唱一和，看样子是一对夫妇。

那叫声听起来就像刚才从细叶榕树丛中传来的低低的叫声。绿翅金鸠很喜欢这棵高大的细叶榕。每到八月份，树上会结满无数小小的果实。现在这棵树正处在开花期，不过花朵从外表上看起来和果实没什么两样。花的味道十分特别，尝起来别有一番风味。

在日本，绿翅金鸠是仅见于冲绳县八重山列岛的一种鸟，被当作珍稀动物重点保护了起来。这种鸟的羽毛是泛着金属光泽的绿色，所以被称作"绿翅金鸠"，其实叫它"祖母绿鸠"似乎更合适。绿翅金鸠从脸部到前胸、下腹部都是美丽的紫红色，喙和脚是红色的，简直就像童话世界里的鸟一样可爱。恐怕谁也无法相信这种鸟会发出那种像是低吼似的叫声。

冲绳县的岛屿中，西表岛紧挨着位于日本最南端的波照间岛，稍稍靠北。西表岛的面积约为二百八十九平方千米，是仅次于冲绳本岛的岛屿。岛上的最高峰是海拔约四百七十米的古见岳，不过海拔四百米以上的山峰散布在岛上四处，山脊和山谷交织在一起，错综复杂，若是一不小心闯入山里，就好像误入了一座迷宫。由于这里靠南，即便是最冷的一月份，温度也不会降到十五摄氏度以下，整座岛上长满了亚热带植物。

西表岛的海岸有一片平地，人们便在那里开垦了农田，种植水稻、玉米、菠萝、甘蔗和红薯等作物，经营农业。再加上海里有丰富的贝类和鱼类，因此人们也能摄取充足的蛋白质。

西表岛的开发已经进行了好多年了，然而有一个阻碍岛屿开发的劲敌，那就是疟疾。岛上雨水充足，河流在纵横交错的山谷间肆意流淌，全年都有洪水发生。传播疟疾的疟蚊全年都能够繁殖。在第二次世界大战以前，由于没有治疗疟疾的有效药物，大批村民死于疟疾，好不容易建起来的村子最后变成了荒村。

战后不久，冲绳被美国占领。美国人用DDT等强效杀虫剂消灭了疟蚊，疟疾终于被控制住了。现在人们已经不用再担心这种可怕的疾病了。

这个故事发生在一九三三年左右的西表岛。这座岛屿上以前栖息着许多哺乳类动物，像是琉球野猪、西表山猫等。当时，村落主要集中在岛屿的西北部，因为即便是在其他地方建起村子，最终也会因为疟疾而变成荒村。所以，被幽深的亚热带森林所覆盖的这座岛屿的大部分地区，都是野猪和山猫等动物们的乐园。

野猪妈妈苏珊沐浴着温暖的阳光，正在打盹儿。她被一阵沙沙的声音吵醒了，眼睛睁开了一条缝。那是孩子们追逐嬉戏踢飞落叶的声音。

苏珊在自己两岁那年的春天，第一次当上了母亲。虽然是第一次生产，可是她一下子生下了七只小猪，因为奶水不够，幼崽一只接一只地死去了。幸存下来的也饿得骨瘦如柴，没精打采。有一只幼崽遭到西表山猫袭击，连逃跑的力气都没有就被吃掉了。最终只有一只幼崽活了下来，不过自从母子分别之后也不知道那只幼崽怎么样了。

又过了两年，苏珊四岁了。这次她吸取了之前失败的教训，把五个孩子养得活泼淘气、健康茁壮。苏珊十分满足地看着五个野猪宝宝在身边欢快地奔跑跳跃，看着他们钻进草丛里玩耍。

五只野猪宝宝虽然外形差不多，都长着白色的条纹，可是性格却大不相同。后背发黑的小母猪斯库洛块头最大，行动活泼，总是带领着其他小野猪玩耍。而小公猪里欧生下来体形就小，大家抢奶吃的时候他又总是落在后面，所以发育得不太好，性格也有些怯懦。孩子们像是在玩捉迷藏似的四处奔跑着，每当这时候里欧总是大口喘着粗气拼命跟在后面。

这时苏珊像是遭到突然袭击似的一下子睁大眼睛，轻轻甩了甩鼻子。她闻到了一股讨厌的气味，她立刻想到："是那家伙。"不过那股气味很微弱，很快就消失了，苏珊便没有再确认。

风总是传来各种东西存在的信息。野猪的嗅觉十分敏锐，他们能够嗅到人类无法感知的微弱的气味。当前方有遮挡物并且无法用眼睛判断时，声音和气味却能够为他们传递看不见的地方的信息。有时候风甚至能传递两三公里之外的信息。

不过，不能只依赖风。风是个随心所欲的家伙，你无法判断它是从哪个方向吹来的，而且有时它会完全停住，空气也仿佛冻住了。所以，野猪需要发挥长鼻子的天线作用，时不时嗅一嗅四周。

迅速捕获危险信息是最重要的。琉球野猪是这个岛上最大的哺乳类动物，外敌很少。最可怕的敌人就是人类。人类中也有各种类型，其中有一类叫作猎人，专门以猎取野生动物为生，这类人极其危险。除了职业猎人，还有许多人在务农之余打猎，他们也同样危险。如果只有人类也就罢了，可是这些人还会牵着三到六只狗，这才是最可怕的。

除了人类，野猪几乎没有难对付的敌人，不过有一种肉食动物例外——西表山猫。西表山猫十分强悍，很难对付，不过由于其体形较小，对成年野猪构不成威胁。但是，野猪宝宝则是他们的狩猎对象，稍不留神就会被掳走。尤其是像里欧这样弱小的幼崽，很有可能被盯上。

刚才，苏珊嗅到了一丝微弱的西表山猫的气息。这附近住着一只名叫玛雅的体格魁伟的雌性山猫。她脾气暴躁，两年前就是这只山猫吃掉了野猪宝宝。由于人类很少走到这里，所以最应该警惕的就是这只山猫。刚才闻到的气味，苏珊绝对忘不了，就是这只山猫的气味。

苏珊紧张起来，加强了警惕。她时不时地动动耳朵，不放过一丁点儿微弱的声音，用鼻子深深地吸了口气。

绿翅金鸠发出清脆的叫声。大冠鹫在空中缓缓盘旋。森林中传来各种小小的声音：青蛙啪嗒啪嗒地跳着，蜥蜴刺溜刺溜地跑着。苏珊对这些声音充耳不闻，将注意力全部集中在那危险的气味上。

苏珊的鼻孔深处突然传来一阵针扎似的刺痛——是玛雅的气味。那股气味渐渐强烈起来，就像是在风平浪静的日子里缓缓涌向岸边的层层波浪。苏珊动员了全部听觉神经的耳朵听不到任何声音。可是，玛雅的确正在向这里靠近。

苏珊站起身来，急匆匆地朝躺在树荫下的野猪宝宝们走去，一边低吼着一边快跑几步，用鼻子拱了拱一只幼崽：快跑！有危险！

野猪宝宝们一下跳起来，拼命朝猪窝跑去。斯库洛像往常一样跑在最前面，连滚带爬地跟在最后面的是里欧。

五只小野猪平安躲进巢穴后，苏珊便把住了洞口，摆开阵势，打算守护宝宝免于看不见的敌人的攻击。

危险的气味时而强时而弱，苏珊由此判断出玛雅走走停停，正在缓缓靠近。或许她躲在了距离野猪宝宝隐藏的巢穴约三十米远的露兜树丛里，正在目不转睛地窥探这边的情况。

那团停滞不动的气味突然像被风吹动一般晃动起来，然后一下子变弱了。这意味着玛雅迅速离开了。是发生了什么事吗？还是她看到苏珊坚固的设防后退缩了？个中原因苏珊无从知晓，不过有一点可以确定：危险突然消失了。

苏珊松了口气，在巢穴前弯曲前足伏了下来。巢穴里安静得没有一丝声音。野猪宝宝们感到了危险，都屏住了呼吸，一动不动地躲藏着。

斯库洛从巢穴里探出了头。她四处张望了一下，又迅速消失在巢穴里。紧接着，三只野猪宝宝陆续探出了脑袋，最后，胆小鬼里欧从巢穴里朝外张望了一会儿。当他判断没有危险后，便很快跳出巢穴，含住了躺在地上的苏珊的乳房。里欧是想趁其他幼崽心存警惕没有出来的时候，独享妈妈的奶水。别看他胆子小，可是却很狡猾。不过，与其说这是狡猾，倒不如说是一种弱者的智慧——能够抓住一切机会完成自己想做的事。

野猪宝宝们从来都没有离开过巢穴一带，不过随着他们渐渐长大，苏珊逐渐扩大了活动范围。在食物方面，苏珊则决定不能让孩子们单纯依赖母乳，必须让他们学会自己获取野生的食物。五月，红楠树的果实掉落了。红楠树果实是一种直径一厘米左右的黑紫色的圆形果实，是野猪爱吃的食物。这座岛上有许多红楠树，粗大的树干要两个人才能抱得住，树下铺满了黑紫色果实，像是铺了一层厚厚的地毯。野猪宝宝们欣喜若狂，大口大口地吃着熟透了的果子。

苏珊带着孩子们，从一棵红楠树走到另一棵红楠树，边走边吃。森林中出现了纵横交错的野猪道。

时不时地，苏珊会停下脚步，谨慎地四处张望。有时他们会经过西表山猫用气味标记过的地方。西表山猫的活动范围较广。所谓活动范围，就是指动物为了满足觅食、休息等需要而进行活动的范围。而用气味标记的路标，则意味着"这里是我的领地，其他山猫禁止入内"，带有一种警告意味。

经常被用作路标的有滚落的巨石或是倒下的树木。苏珊仔细检查了一下，发现那些路标都是以前标记的,并没有新的气味出现。西表山猫为了觅食,会在活动范围内四处走动,现在她应该在离这里较远的地方徘徊呢。

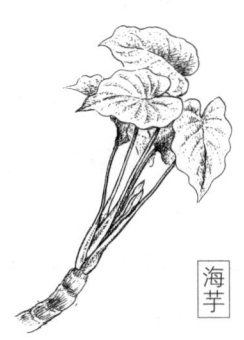

海芋

与西表山猫的战斗

由于地处亚热带,五月份的西表岛已经是夏天了。黄槿用它那黄色的花朵装点着森林。

野猪宝宝们变得非常活泼,无论苏珊去哪儿,他们都紧紧地跟在左右。他们离开了巢穴,开始尝试成年野猪的生活——在森林中觅食,在大树底下或茂密的灌木丛和草丛中睡觉。本州的野猪是夜行性动物,一般是白天休息,傍晚到第二天早晨活动。这种生活习性与人类有关。尤其是栖息在深山里的野猪,他们常常为了获取田地里的作物而跑到山村里。到了狩猎期，猎人又会带着猎犬在山里转悠，因此野猪便在夜间行动以避开人类。然而，西表岛人口稀少，再加上村落和耕地都集中在西部，所以猎人很少到野猪居住的古见岳东部一带来。而且纠缠不休的西表山猫经常在夜间活动，因此这里的野猪常常在白天活动。

五月和六月，红楠树果实十分充足，所以不用担心没有食物。不过，七月和八月却是一段主食匮乏的时期，野猪们必须搜寻各种东西来果腹，直到九月来临——那个时候锥栗的果实就成熟了。

野猪是一种生命力十分顽强的动物，因为他们会吃掉一切能吃的东西。除了果实、嫩叶、球根，他们还吃蜥蜴、昆虫、蚯蚓等小动物，甚至连眼镜蛇这种毒蛇都吃。可是，虽然野猪什么都吃，但并不意味着什么东西都能吃。最需要当心的是毒蘑菇，此外还有一些有毒的植物。海边柿看起来很好吃，可只要咬上一口，就会难受得跳起来。嘴巴也肿了，舌头也麻了，会有好一阵子没法吃东西。苏珊必须把这些生存的智慧教给孩子们。

草原上有许多蟋蟀和蝗虫。昆虫是野猪最常吃的食物之一。尤其是蟋蟀，十分美味。青蛙和蜥蜴类的味道也不错。这种饮食上的杂食性特征是野猪得以在自然界顽强生存的动力之一。

苏珊走到了河边。从山上流下来的水凉凉的，很舒服。苏珊前脚一弯跪了下来，咕咚咕咚地喝着清澈的河水。野猪宝宝们也跑了过来，在苏珊身旁排成一排喝起水来。这一天走的路比平时多，大家都渴坏了。这个时候凉凉的河水是最美味的大餐。

苏珊轻轻吐了口气，走到了不远处的泥巴地上。突然，她停住了脚步，死死盯着脚下的泥地。那里留下了一串清晰的西表山猫的脚印。如果只是脚印的话，她也没必要吃惊，可是那串脚印的旁边还有一行小小的脚印，是小猫崽的足迹。看来西表山猫产崽了。从那些错杂混乱的脚印数量来看，应该有两只小猫崽。

野猪妈妈小心翼翼地凑上前去，闻了闻脚印的气味。没错，就是她，是苏珊经常遇见的母山猫玛雅。应该是几天前的脚印了。苏珊的紧张消除了，可是她又有了别的担心。有了孩子的母山猫会变得异常凶残，而且容易饥饿，很有可能会袭击野猪幼崽。

苏珊开始用脚刨泥巴地——虽说是泥巴地，但也不是那种能把脚陷进去的软泥，而是踩过之后刚好能留下足迹的泥巴地——然后用獠牙刨翻了地面。接下来，她冲着拱起来的地面用力吹了口气，然后用舌头啪叽啪叽舔了起来。

看着苏珊露出满足的神情，野猪宝宝们立刻明白了刚才妈妈那一系列动作的意思，连忙用前足刨起泥土来。泥土里有许多小蚯蚓。他们是在用舌头舔着吃蚯蚓。蚯蚓身体里有适当的水分，吃起来十分美味。野猪宝宝们发现了这份意外的美食大餐，拼命地刨泥巴。在意想不到的地方竟然藏着这样的美味，小野猪们又学到了野外生存的知识。

几天后，在一棵高大的菲岛福木前，苏珊停住了脚步。刚才，她就嗅到了西表山猫标记地盘的气味，看来那气味是从这棵菲岛福木伸出的树根上发出来的。气味是新鲜的，或许就是今天标记的。

天色渐渐暗下来了。森林里开始变得昏暗，地面上潮湿的落叶粘在了脚掌心上。这是玛雅开始活跃的时间段。苏珊感到了危险，她把孩子们集合起来，急匆匆地走下山坡。

在面向山谷的方向，有一处开阔的空地。那里生长着一片茂密的巨型海芋。将近两米高的海芋就像成了精似的，一米多长的心形叶子互相重叠，撑起一片绿色的天棚。海芋伸出粗壮的茎，还没有结出果实。根茎有毒，不能吃。

穿过海芋丛林，是一片茂密的露兜树林。苏珊停下脚步，等待孩子们跟上来。他们要穿越这片树林。

露兜树是一种分布在亚热带至热带的植物。这种树富有弹力，像蛇一样弯曲盘绕，树干上生长着一米到一米五长的密密的树叶，像是菠萝树的叶子，又像是龙舌兰的叶子。最让人讨厌的是，像皮革一样坚硬的树叶边缘、主脉和树干上，生长着锐利的刺。

在被猎人追赶时，最好的逃生方法就是钻进露兜树林。这种树林是天然的要塞。曲折蜿蜒的枝干盘绕在地面上，互相纠缠，一般人无法轻易通过。再加上树叶和枝干上生长着许多尖刺，除非戴上厚厚的手套，否则是无法抓住树干的。如果勉强穿行，脸部和手臂这些暴露出皮肤的部位必定会被划得伤痕累累。露兜树林简直就像是扯了一张满是铁蒺藜的铁丝网，就算猎人想从中穿过，也需要花费大量时间，野猪就可以有充足的时间逃跑。

对西表山猫来说，露兜树林也是一道难关。虽说树林里有许多青蛙和蛇，是绝佳的狩猎场所，可是西表山猫却无法在浑身长刺、错综纠缠的树木之间快速奔跑。

在这一点上，野猪就不同了。野猪十分擅长在茂密的树丛里钻进钻出。鹿和兔子会用极富弹跳力的后腿跳跃着跨过障碍物，可野猪会尽量从下方钻过去。这样做是为了训练自己能够顺利地穿行于细竹、矮木和藤蔓密生的灌木丛。以前，农民为了保护农作物，会筑起防野猪的篱笆，这种篱笆并不高，只要一米高就足够了。鹿能够很轻松地跨越篱笆，不过野猪只会拼命地往篱笆或栅栏的下面钻，所以只需要简单的防护栏就足够了。

苏珊看见露兜树林后，松了口气。玛雅那家伙不

可能待在树林里。野猪的皮肤毛发又粗又硬，即便被露兜树的刺扎到，也不会受伤。就算是树木缠绕在一起，或是横在前方挡住了去路，野猪只要从障碍物的下方钻过去，一般都能比较轻松地通过。苏珊等孩子们都聚齐了，便毫不犹豫地跑进了露兜树林。斯库洛第一个跟了上来，紧接着其余四只小猪也跟了上去。

　　对苏珊来说，这是一次再熟悉不过的行军了。不过对孩子们来说却是一次小小的冒险。野猪宝宝们娇小的体形为他们在树木之间自由穿行提供了有利条件，不过有时候他们不得不在曲折蜿蜒的横卧在地面上的树木上行走。小猪们迈着颤巍巍的步子，摇摇晃晃地走过"独

木桥",经常一个不小心就从木头上滚落下来。

走出露兜树林后,苏珊一下躺倒在地,等着孩子们出来。

第一个走出来的是斯库洛。她跑到妈妈身边,得意扬扬地紧靠着妈妈躺了下来,开始休息。

野猪宝宝们陆陆续续跑出来了。大家都累得筋疲力尽。他们跟跟跄跄地走到妈妈身边,气喘吁吁地趴在了地上。

苏珊用充满慈爱的目光看着在一旁休息的孩子们。里欧躺在苏珊身旁,那样子像是在撒娇。他的鼻子被露兜树的刺扎破了,鲜血渗了出来。苏珊伸出长长的舌头，温柔地为他舔舐鼻子上的伤口。

大家都到齐了——除了小母猪洛芙。她还没从露兜树林里走出来。

太阳就像一个巨大的红色圆盘，静静地落向森林的另一头。之前，金色的云彩照耀着天空，这时候，云彩由金色变成了红色，又渐渐变成了温和的姜黄色。姜黄色的天空下，森林黑色的剪影被清晰地勾勒出来。

"吱——！"一声尖锐的叫声刺破了漫天晚霞的祥和气氛。

几乎就在同时，苏珊噌地跳起来，朝着声音传来的方向全速飞奔过去。四只小猪也立刻紧跟了上去。

苏珊的眼前出现了一幅令人难以置信的场景——只见玛雅恶狠狠地瞪着眼睛，两只幼猫正伏在某样东西上。那样东西被草丛遮住了，看不太清楚。

一只幼猫抬起头，看着苏珊。他的嘴边沾满了黏糊糊的血。幼猫仿佛炫耀一般，伸出舌头舔了舔嘴巴，抹掉了嘴边的鲜血。那副得意的表情仿佛在说：真好吃！这让苏珊的内心燃起了愤怒的火焰。

刚才的惨叫，是玛雅杀死的猎物发出的。幼猫吃的正是那只猎物。想都不用想，他们的猎物正是苏珊的宝贝女儿洛芙。

隔着十米远的距离，苏珊和玛雅恶狠狠地盯着对方。里欧和其他兄弟姐妹也从异常紧张的气氛中感受到了从未体验过的紧张感，紧张中还夹杂着一丝不安。他们躲在苏珊身后，摆开了架势。

苏珊嘎吱嘎吱地磨着獠牙，"呼——呼——"喷着粗气，间或还发出几声低吼。无以言表的愤怒涌上了她的心头。她的心跳越来越快，血液全都涌到头上，整个脑袋晕乎乎的。现在苏珊的眼睛里只看得到那只西表山猫，那个可恨的敌人正低头俯身，摆好了攻击的姿势，恶狠狠地瞪着苏珊。从对手那无所畏惧的态度中，苏珊感到了危险。她的目标是我的四个孩子——苏珊心想。

砰！苏珊的头脑中紧绷的那根弦断了。她就像点了火的火箭一样，以凶猛的势头冲向玛雅。

距离太远了。这个距离，没办法很快撞到对方并用獠牙给对方一击。可是，苏珊也没有耐心一点儿一点儿逼近到足以将对方一招制胜的距离。

玛雅十分从容，迅速闪身躲开了。毕竟对方是一只体重四十公斤的野猪。玛雅的体重只有四公斤多一点儿，如果正面冲突的话，刹那间就被撞飞了。

看见对方敏捷地逃开了，苏珊突然改变方向，将攻击的矛头指向了惊慌失措的幼猫。她追上了一只没来得及逃跑的幼猫，将锋利的獠牙嗖地插进幼猫的身体，往上一挑，小家伙便飞了出去。

幼猫重重地摔在了地上，当即毙命，甚至没来得及叫一声。

　　逃过苏珊攻击的玛雅一直躲在灌木下，她目睹了这一幕。虽然知道自己在体格上完全不是苏珊的对手，可是，痛失爱子的悲愤再加上必须拯救另一只小猫的迫切心情，让玛雅采取了鲁莽的行动——她朝苏珊扑了过去。

　　玛雅的目标只有一个——野猪的颈骨，这是西表山猫狩猎的秘诀。

　　有时候，即便是咬住了猎物，猎物也可能挣脱逃走，因此有必要找到一种阻止猎物挣扎、能够一击制胜的方法。猫科动物的狩猎方式是，咬住猎物的脖子，将犬齿刺入颈椎，切断脊髓神经，从而阻止猎物四肢肌肉的活动。西表山猫也是采用这种方法，不过在狩猎方式

上保留了许多原始猫科动物的要素,不如家猫和其他山猫的本领高强。

玛雅用力一跃,骑到苏珊的脖子上,猛地一口咬了下去。

野猪浑身长满了七八厘米长的硬毛,能够起到保护身体的作用。尤其是从头部到后背,生长着长达十二三厘米的坚硬长毛,形成了厚厚的鬃毛。野猪宝宝们的毛发很柔软,还没有生出鬃毛,咬脖子战术对他们还是很奏效的。可是成年野猪就不同了,除非条件相当成熟,否则山猫的牙齿很难咬到成年野猪的颈椎。

就在玛雅一口咬住苏珊脖子以后,苏珊开始猛烈地甩头，把脖子上的危险物甩了下来。被甩飞的玛雅在空中翻了个筋斗，轻巧地落在了地上。

　　间不容发，苏珊立刻冲了上去。玛雅跳向一旁，闪过了苏珊的攻击，低吼一声，龇出獠牙，露出骇人的神情，恶狠狠地瞪着苏珊。她这是在展示必死的决心：我决不会退让一步！

　　苏珊也不甘示弱，立起鬃毛，恶狠狠地瞪着玛雅。苏珊的脖子上渗出了鲜血，应该是被玛雅刚才的进攻弄伤的。

　　苏珊不停地嘎吱嘎吱磨着牙，一边喘着粗气，一边发出"咻——咔咔咔"的叫声。这是野猪在攻击性最强的时候发出的声音。

　　苏珊和玛雅都因为孩子被杀害而达到了愤怒的顶点。里欧和其他小野猪看着眼前这场可怕的决斗，一边哆嗦着一边躲进了海芋的叶子下面，缩成一团。

　　苏珊猛地向前冲去。如果发生正面冲突，体形较小的玛雅肯定刹那间就被撞扁了。

　　玛雅勉强躲过了野猪的獠牙，斜着闪到一旁。

　　苏珊立刻调整方向，将脸横向一旁，想用獠牙去挑玛雅。

　　险些被獠牙刺到的玛雅一溜烟儿地钻进了灌木丛。对方的体重是她的十倍，她完全没有胜算。如此一想，玛雅的母性本能超过了战斗的意志。幸运的是，幼猫觉察到了危险，已经逃到树丛深处去了。玛雅追赶着幼猫的脚步，跑进了树丛。

红艳艳的晚霞渐渐失去了光彩，终于变成了灰色。一切景物都淹没在暮色之中。黑黢黢的森林里，传来琉球褐鹰鸮轻快的叫声："号，号，号！"

苏珊的呼吸渐渐平复下来，她目不转睛地盯着草丛后面。像洞穴一般昏暗的草丛里，横陈着洛芙鲜血淋漓的尸体。血腥味仿佛在诉说着一个幼小生命的往昔——就在刚才，洛芙还活蹦乱跳地跟在苏珊左右。

凝重的气氛让苏珊的心情无比阴郁。苏珊并不明白死亡是什么。可是，本能告诉她，母子之间那种与生俱来的不可思议的联系，现在马上就要切断了。

母子之间的羁绊是一种神奇的联系，就是这种联系让苏珊可以为了拯救孩子的生命而不惜牺牲自己的性命。孩子继承了母亲的基因。母子之间的纽带，正是这种看不见的基因之间的斩不断的联系，是生命和生命的关联。

当孩子的生命对母亲的生命产生影响时，母性的本能就会被唤醒，保护孩子的冲动就会被点燃。而现在，苏珊能感觉得到，那种冲动的火苗正在一点点熄灭。这种感觉让她的心异常沉重。

苏珊用前脚推了推洛芙。洛芙已经完全没有生命迹象了，她就像在推一块石头。用生命火焰点燃野猪妈妈母性本能的力量完全消失了,现在的洛芙对苏珊来说只是一个物体。

横在眼前的这只小野猪,已经不是她的孩子了。这时,苏珊听到身后传来呼唤自己的声音。一听到那个叫声,苏珊毫不留恋地离开了洛芙的尸体,朝着由于恐惧而缩成一团的四只野猪宝宝跑去。

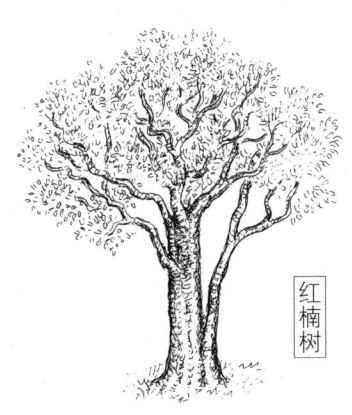

红楠树

野猪妈妈之死

整个八月,森林里都没有像红楠树果实那样的落果。这个时候就体现出杂食动物的强大了,苏珊母子几乎什么都吃。

野猪宝宝们也都换了毛,幼崽时期的象征——白色条纹已经完全消失,身上长了一层比成年野猪毛色略微明亮的茶褐色毛发。他们的体重也增加了一倍多,一个个长得健康活泼。

两天前,刮了一场台风,下了大雨。河里浊流泛滥，森林的地面铺满了潮湿的腐叶土，散发出阵阵霉味儿。

这一天天气非常热，气温恐怕要超过三十五摄氏度。再加上森林中的湿度非常大，简直是令人无法忍受的闷热。

身上好痒。这种闷热的天气对身上的虱子、跳蚤和扁虱来说是最好的礼物。它们把吸血针刺入野猪的皮肤，陶醉在鲜血的盛宴之中。里欧和兄弟姐妹们在琉球松粗糙的树皮上使劲摩擦身体，以此来缓解瘙痒。

苏珊也是奇痒难耐。要快些赶到那里——这样的想法令她加快了脚步。她要去的地方是泥沼地。泥沼地就是一个泥巴大澡堂。野猪走进那里，洗一个泥巴澡。在体毛上裹上一层厚厚的泥，从而杀死扁虱这类寄生虫。

泥沼地位于一棵高大的菲岛福木的树根处。那里变得和平时不太一样了。以前那里是一片满是泥巴的泥塘，可是现在由于刚下完大雨，积攒了许多水，变成了一片小水塘。几只青蛙从水面上探出头来。苏珊刚一靠近，岸上的几只青蛙就扑通扑通跳进了水里。

一走到变成水塘的泥沼地，苏珊就一个猛子扎进了泥水里。水塘不算很深，水刚刚能没过苏珊的后背。苏珊走到水浅的地方，横躺下来扭动身体，把水底的泥浆都抹到了身上。渐渐地，身上不那么痒了。

四只小猪也高高兴兴地挨个儿跳进了池塘。他们已经来过这里几次，对这片水塘十分熟悉。不过，他们还是第一次体验这么深的水塘。

里欧和小母猪伦巴兴奋得两眼放光，在水里游来游去。游泳是野猪的强项。他们在水面上露出半个脑袋，前后移动四肢，采用的是狗刨式游泳法。水塘大概有七八米长。

他们享受了一会儿游泳的乐趣，便游到水浅的地方，浑身上下裹满泥，使劲在地上蹭身上痒的地方。

然后，里欧把身体沉在水里，一动不动。阳光透过厚厚的云朵从天空中洒下来，变得不再那么毒辣，再加上水塘正好在一片树荫里，水温也不怎么高。像今天这样闷热的天气，把自己泡在水塘里来一个凉水浴，别提有多舒服了。

身上的瘙痒渐渐退去了，这让里欧十分开心。凉水浴是一种对付外部寄生虫的有效方法。大多数扁虱和虱子都会被水淹死。虽说如此，野猪却也不能完全安心。因为在厚密的毛发下面，虱子产下了许多卵。瘙痒只是暂时止住了，过一阵子，等虱子卵孵化出来，再从其他地方招来些跳蚤和虱子，身上又会变成外部寄生虫的栖息地了。所以，野猪必须经常去泥沼地洗澡，把泥巴涂在身上，保护身体不受寄生虫的侵扰。

苏珊实在是太舒服了，以至于放松了警惕。她竟然没有察觉猎人和四只猎犬正在悄悄靠近。

追踪野猪的，是住在古见岳附近的古波藏传三。传三原本住在西表岛西部的祖纳。他开发了古见岳东部一带的田野，种植水稻、甘薯和甘蔗等作物。论起狩猎野猪的本领，他在村子里算得上是高手了。他常常在干农活儿的间隙出去打野猪。之所以搬到古见岳这里住，也是因为这附近有许多野猪和山猫。

这一天，传三发现了野猪的脚印，从脚印判断，这是一头带着幼崽的雌性野猪。于是，他就顺着脚印追了上去。现在猎人狩猎野猪时，大多使用吊套，不过这个故事发生在1933年前后，那个时候猎人还是用原始的传统狩猎法——用猎犬将野猪逼到某个角落，然后用长枪刺死。这种方法要想成功，必须具备训练有素的猎犬和高超的枪法这两个要素。

猎犬突然兴奋起来，一定是闻到了野猪的气味。

风是从西边吹来的。西风带来了野猪的气味，猎犬们才会如此兴奋。

"嗯，看样子有戏。"传三在心里嘟囔着，露出了得意的微笑。要想接近嗅觉灵敏的野猪，必须从下风向靠近。传三像悄无声息的忍者一样蹑手蹑脚地走着，给猎犬们发了个信号。

"走！"

几只猎犬在领头犬的带领下精神抖擞地奔跑起来，很快消失在密林中。

猎犬是琉球犬，这是日本犬的一种，在冲绳自古以来就被当作猎犬饲养。这种犬体形中等，躯干较长，四肢短小，不过动作十分敏捷，嗅觉特别灵敏，具备猎犬的良好素质。

突然间，四只猎犬出现在眼前，苏珊和孩子们顿时陷入了惊慌，一下子束手无策了。

四只猎犬不慌不忙，迅速分散到四个方向，摆好阵势，狂吠起来。这么做是为了给野猪施加威吓，同时也是在告诉传三：我们发现野猪了。

苏珊恢复了冷静，开始考虑如何才能脱身。如果只是自己的话，应该能设法突破他们的包围。可是，她现在必须要保护四个可爱的宝宝。

苏珊冲着一只吼叫得尤其厉害的红毛猎犬径直猛冲过去。

猎犬们一定会过来追赶她，到时只要孩子们趁机朝相反的方向逃跑，应该能够得救。苏珊的脑海中灵光一闪，想到了这个战术。

四只猎犬瞬间就追了上去。随后，斯库洛和另一只小猪迅速跟了上去。他们心中只有一个念头：无论发生什么，决不离开母亲！

小公猪萨斯很聪明。他逃向了和苏珊突围相反的方向，消失在缠满了山露兜的密林中了。

里欧呢？他本来就跑得慢，所以知道自己是跟不上

健壮的斯库洛他们的，于是他躲了起来。里欧在苏珊逃走的瞬间，钻进了水塘。他尽量屏住呼吸，如果实在忍不住了，就把鼻孔露出水面呼吸一下空气。

猎犬们的狂吠声渐渐远去了，四周一下子安静下来。

里欧战战兢兢地从水面露出脸，四处张望了一下。只有两只青蛙慌里慌张地跳进了水里，危险已经消失了。

里欧忽然闻到了一种之前从未闻过的气味。那股气味突然变浓了，说明散发出气味的物体正在向这边靠近。

随着踩踏落叶和拨开灌木丛的声音传来，一个长着两只脚的动物从密林里冲了出来。长枪的枪尖闪了一下，强光刺痛了里欧的眼睛。

里欧一动也不敢动，变成了水塘里的一坨泥巴，目不转睛地盯着被称作"人类"的动物的一举一动。

里欧是第一次见到人类。不过，本能告诉他，眼前的这个两只脚的动物正是带来危险的罪魁祸首，是最危险的动物。男人手持的长棍尖端的"獠牙"，比妈妈的獠牙要大得多、威风得多。如果被那东西刺中了，肯定立刻毙命。

男人迅速瞥了一眼水塘，或许是觉得没什么问题，又朝着猎犬们消失的树林跑去。

里欧继续一动不动地在水塘里待了一会儿，等到人类的脚步声和气味都完全消失以后，他才从泥巴地的水塘里爬了上来。

他抖了一下身体，细细的泥浆四处飞散。瘙痒的感觉完全消失了，身体也变凉了，感觉十分清爽。不过，现在不是悠然自得的时候。男人和猎犬随时都可能返回，必须尽快离开这里。里欧毫不犹豫地钻进了萨斯逃去的树林，追赶他去了。

野猪们走了，水塘里顿时安静下来，几只青蛙露出脑袋，仿佛什么也没发生。

"咻——"八重山链蛇穿过草丛，从岸边的草丛里抬起头来。这是一种栖息在石垣岛和西表岛的无毒蛇，最爱吃青蛙和蝌蚪。它来这里是为了捕食青蛙。估计过不了多久，泥塘的宁静就会被打破，空气里会回荡着被蛇吞食的青蛙的惨叫声。

对里欧来说，这一天是他与野猪妈妈和兄弟姐妹永远分别的日子。苏珊被传三的长枪刺死了，跟在苏珊身后的两个野猪宝宝，则被猎犬咬死了。

椰子蟹

独自生存

突然变成了孤零零的一个,里欧一下子变得无所适从。以前他总是和三个兄弟姐妹簇拥在妈妈身边,热热闹闹地生活,可是现在他没有了可以依靠的家人,失去了生存下去的精神支柱。

可是,为了活下去,他必须填饱肚子。饥饿的感觉令他涌起了活下去的力量,蜗牛、昆虫,只要是能吃的东西他都往嘴里填。

到了第三天,里欧走出了这片阴暗潮湿的森林,走进了一片矗立着许多高大树木的森林。郁郁葱葱的树冠织就的绿色屋顶遮住了太阳，树下的杂草很少，所以林中的路比较好走。许多长着常绿的硕大叶子的鸟巢蕨附生在树上，形成一道绿色的墙壁。

一只黑家鼠从树根处蹿了出来，拦在里欧的面前，眼珠子骨碌碌转着，瞟了里欧一眼。

伴随着"咻——"的一声，一条琉球原矛头蝮划过草地"飞"了出来，眨眼间就咬住了黑家鼠。

琉球原矛头蝮一直在树上等待猎物的到来。在蝮蛇的头部，有一个被称作颊窝的小孔。这是用来感知红外线的传感器。动物的体温会发射红外线，一旦感知到红外线，蝮蛇就会扑向猎物。

里欧在一瞬间感到了危险，迅速向后退去。

脖子被蝮蛇死死咬住的黑家鼠发出撕心裂肺的叫声，拼命挣扎着。惨叫声在凝滞的空气里回荡。

琉球原矛头蝮立刻扭曲身体，紧紧地缠绕在老鼠的身体上。

在毒蛇死死缠绕之下，黑家鼠呼吸变得越来越困难，再加上毒素逐渐蔓延到整个身体，黑家鼠的惨叫停止了，身体也不再挣扎。

毒蛇嗖地一下拔出牙齿，叼住黑家鼠的头，吞食起来。

这条蛇一身灰褐色皮肤，上面长着黑色的花纹，看起来就像是有剧毒。它蠕动着长长的身体，三角形的脑袋每向前探一下，黑家鼠的身体就被吞进去一点。就这样，一只老鼠渐渐地被吞进了毒蛇的大嘴。

一股莫名的不安充满了里欧的内心。这种不安最终化作了恐惧，在里欧的体内泛滥。里欧像是着了魔，在森林中狂奔起来。

里欧跑进了一片露兜树林。他松了一口气，停下脚步，大口大口喘着粗气。他的心在剧烈跳动，仿佛马上就要坏掉了，不过刚才的恐惧却消失了。露兜树是抵御人类和西表山猫进攻的坚固堡垒，可是对毒蛇却丝毫不起作用。小时候成功躲过山猫袭击的记忆让里欧在内心深处觉得，茂密的露兜树林是可以保护自己的安全的树林。

里欧蜷缩在露兜树下，休息了一会儿。

"噗啊——嗷——"传来一阵低沉通透的悠长的叫声，是分布在屋久岛至西南诸岛的红顶绿鸠。这种鸟十分美丽，全身呈橄榄绿色，长着蔚蓝色的喙和红色的脚，就像是出现在童话世界中的鸟。红顶绿鸠那充满了抑扬起伏的优雅叫声抚慰了里欧的心灵。

琉球龙蜥从露兜树上刺溜一下下来了。在距离里欧几米远的地方，露兜树的树根处，它停了下来，像是在等待着什么，前足撑地，脑袋上扬，瞪着前方。

里欧早已筋疲力尽，他用蒙眬的目光盯着蜥蜴。

琉球龙蜥非常善于爬树。即便是在垂直的树干上，它也能用脚趾的吸盘紧紧吸住树干表面，迅速地爬到树上。它的身体是绿色的，停在树枝上时，这种保护色令它不易被发现。

又一只琉球龙蜥在对面的树下出现了。之前的那只雄性龙蜥抬起三角形的扁平脑袋，开始进入警戒状态。

琉球龙蜥的后脑勺上排列了一排鸡冠状的鳞片。雄蜥蜴竖起了鳞片，鼓起了喉囊和肚子。这是为了让自己看起来个头更大，以此来威吓对方。然后，它前脚撑地，脑袋频繁地上下抽动，意思是：滚开！否则我就发动攻击了！

雄性琉球龙蜥拥有自己的势力范围，不允许其他雄性闯入。当威吓无法吓退对方，它们就会挑起战争。

入侵者也不甘示弱，摆出了同样的威吓姿势。原来那只蜥蜴愤怒了，朝那个不知天高地厚的对手飞奔过去。

两只蜥蜴并排奔跑着，张着大嘴，甩动尾巴，向对方发出恐吓。阳光恰好洒在两只蜥蜴的战场上，仿佛它们正在舞台上，在聚光灯的照射下战斗。

琉球龙蜥身体的侧面生长着黄色的竖线，当两只蜥蜴互相追逐着转圈时，就像是两个长约二十五厘米的祖母绿颜色的细长身体互相交缠在一起，在这绿色的旋涡中还掺杂着金黄色的条状花纹，这是一幅不可思议的舞蹈场景。

愤怒的"原住民"蜥蜴咬住了入侵者的尾巴。入侵者

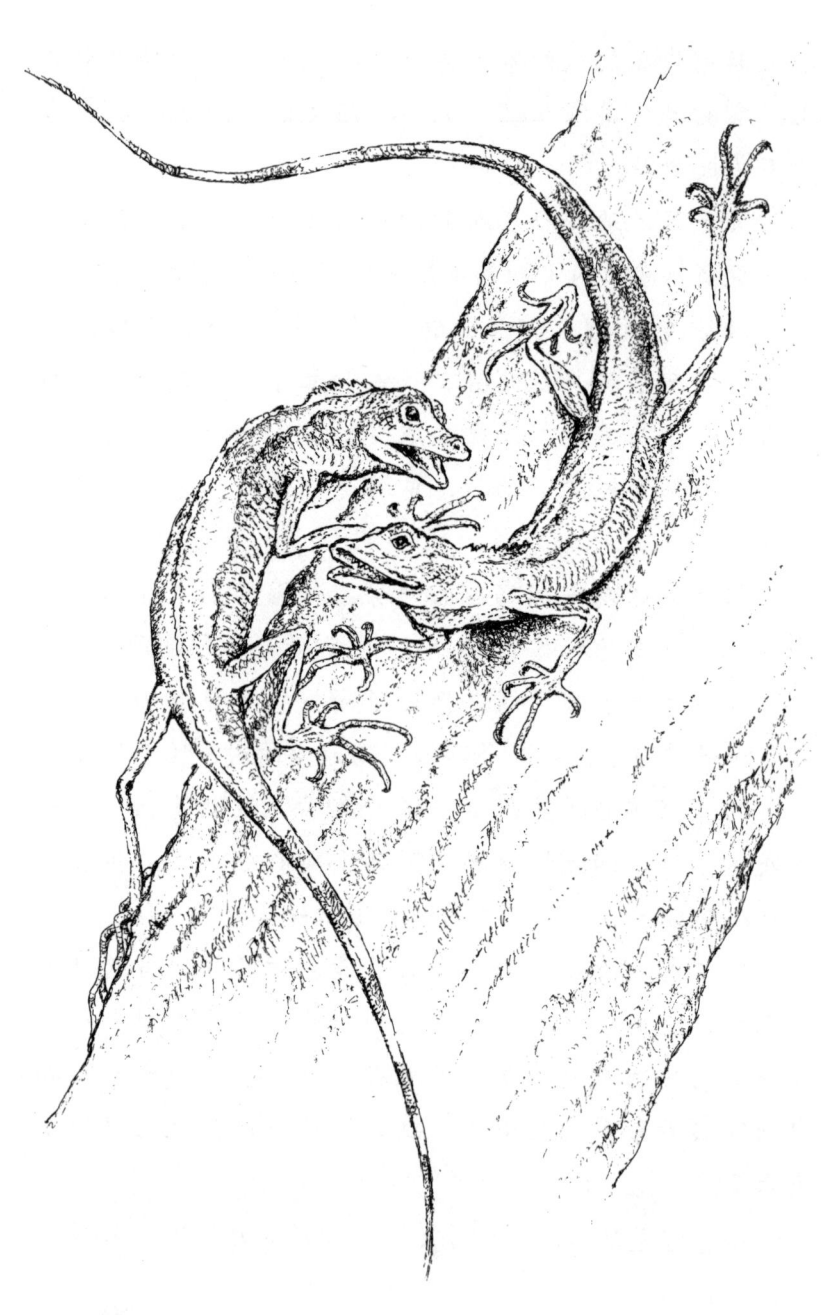

使劲甩了一下尾巴，逃走了，它十分敏捷地爬上了旁边的露兜树。

一般来说，蜥蜴在这种情况下都会切断尾巴逃生。不过琉球龙蜥的尾巴十分结实，就算被咬了也不会轻易断掉。它们一旦尾巴断了，身体就无法保持平衡，也很难轻松地从细树枝上走过，因此它们的尾巴不会一咬就断。

取得胜利的"原住民"蜥蜴顺着闯入者逃跑的足迹爬上了露兜树，消失在树叶的阴影后面。

里欧躺在地上，看着眼前展开的这场琉球龙蜥之间的战斗。两只蜥蜴可谓用尽了浑身解数，拼死战斗。它们拼尽全力，并行奔跑，扭打在一起，最后，抓住一瞬间的机会咬住对方的尾巴。小小生命竭尽全力投入战斗所散发的能量，似乎为里欧精疲力竭的身体注入了一股新鲜的生命的泉水。

里欧能够感到野性正逐渐充满自己的身体。这种力量赶走了恐惧和胆怯，一个全新的里欧即将诞生。

一只树蛙在开满了美丽紫色花朵的野牡丹花丛上停了一会儿，然后它跳到了露兜树上。树蛙艳绿色的身体在阳光下闪闪发亮，就像是一颗祖母绿宝石飞了过去。

树蛙巧妙地运用四肢的吸盘，快速爬到了露兜树的树叶上，然后发出了响亮的叫声："咻噜噜，咻噜噜。"这种树蛙只栖息在石垣岛和西表岛上，发出的叫声十分独特。

"叽——咕，叽——咕。"森林中传来的叫声来自法师蝉的同类岩崎蝉。露兜树的树林中远远传来"啊——呱呱"的叫声，那是白喉斑秧鸡。黄斑钟蟋蟀在地上窸窸窣窣地爬着，饰蟋蚤轻快地跳来跳去。

在里欧筋疲力尽躺下休息的这段时间里，虽然他不知道周围的这些生物究竟是什么，但是野性的力量恢复以后，里欧的感觉器官逐渐恢复了功能，它们告诉里欧，在他的四周有各种各样的生命在活动。

里欧站了起来，威风凛凛地抖了一下身子。

某种地蟹架着双螯从里欧的面前走过。里欧突然用前脚踩住了地蟹。他立刻把那只踩烂的地蟹吞了下去。他实在太饿了。好吃，世间竟然有这么好吃的东西——里欧禁不住这样想。

现在，里欧一点儿也不觉得寂寞了。不知为何，他现在觉得独自生活是很自然的事。

抬头望去，露兜树那硕大的果实映入了眼帘。这棵树竟然能结出这么大的果子！里欧第一次见到像菠萝一样的露兜树果实，不禁看呆了。

里欧望着那已经熟透了的微微透红的黄色果实，心想，吃起来一定很香吧。可是果实离地面将近三米高，对于不会爬树的里欧来说只能是可望而不可即。

黄昏不知不觉降临了。晚霞染红了东方的天空，渐渐地天空又变成了灰色。岩崎蝉那悲伤的叫声消失了，青蛙们热闹的大合唱渐渐响起。

里欧决定在这里睡觉。他在地面铺上草,在草上躺了下来。暮色温柔地包围了里欧,露兜树叶的剪影在蓝黑色的天空中清晰地显现出来。真是漫长的一天,感觉好像一下子过去了两三天。里欧很累,可是心情很爽快。他命令鼻子和耳朵调查四周的情况,确定没有危险以后,他就沉沉睡去了。

大约睡了两个小时吧,里欧忽然睁开了眼睛。他仿佛在沉睡中听到了异常的声音。即便他睡得再死,耳朵和鼻子都发挥着守夜哨兵的作用。

里欧紧张起来,竖起了耳朵。

"吱——!"一声尖厉的叫声刺痛了耳朵。

里欧半卧着身子,耳朵朝着声音传来的方向。千真万确是野猪的声音,而且,声音并不远。

猫头鹰在叫。地面上有什么东西在爬。"唧,唧!"是虫子在叫。夜晚充斥着各种各样的声音,是夜行动物们活动的声音。

"吱——吱吱——!"一声又一声的惨叫刺破了黑暗。

里欧突然惊呆了,仿佛遭到了当头棒喝。"那不是萨斯吗?确实是萨斯的声音!"

就在里欧钻到泥塘里躲避灾难的时候,萨斯很聪明地朝着和妈妈相反的方向逃去。看来他一定是一直活到了现在。

里欧一跃而起,朝声音传来的方向飞奔而去。

月光和星光让这个夜晚意外地很明亮。周围的景色在淡淡白光的映衬下,仿佛一幅幅水墨画。

离萨斯越来越近了,惨叫声和萨斯横冲直撞的声音越来越大。他是在和西表山猫战斗吗?

在明亮的月光下,萨斯正背对着里欧蜷缩在地上。的确是萨斯,他看起来很疲倦,竟然没有察觉里欧来了。

在距离里欧大约两米远的地方,有一个露兜树果实。果实微微发红,一部分被咬掉了,散发着好闻的香气。

里欧温柔地叫了一声,以免吓着萨斯。

萨斯吓得跳了起来,掉转身子,看着里欧。

当他发现对方是里欧时,顿时喜出望外,想要跑过来。就在这时,他朝前打了个趔趄,摔倒了。

里欧连忙跑到萨斯身边,想要帮他。

萨斯的右前足上粘了一大团东西。他想要站起来,前脚刚一着地,就"吱——"地大叫着向前摔倒了。那团东西紧紧贴在他的右前足上拿不下来,所以他没办法像平常那样四肢着地。

原来萨斯被椰子蟹的蟹螯紧紧夹住了前脚。

椰子蟹白天躲在洞穴中,到了晚上会出来觅食。它们很喜欢吃露兜树的果实,所以到了露兜树果实成熟的时候,椰子蟹就会聚集到露兜树林里。它的名字里有"蟹"

这个字，它是寄居蟹的同类。寄居蟹一般寄居在贝壳里，不过椰子蟹却不同。椰子蟹体形较大，甲壳长可达十五厘米，腹部长约十四厘米，大的家伙体重能达到二点五公斤，恐怕没有哪种贝壳能装得下如此巨大的身体。

椰子蟹的武器是一对强有力的蟹螯，据说它能够轻而易举地切断人的手指。

萨斯正在四处晃悠，寻找食物，这时他发现了掉在地上的露兜树果实。可是，那个果子已经被椰子蟹占据了，它正在用那对结实的蟹螯夹果肉吃。太好了！萨斯心想。虽然椰子蟹的甲壳看上去硬邦邦的，可是它那胀鼓鼓的身体似乎很好吃。又甜又香的水果搭配椰子蟹一起下肚，真是一举两得啊！萨斯毫不犹豫地走上前去，想要用前脚踩住椰子蟹。

椰子蟹觉察到了危险，于是，为了保护自己，它变得极富攻击性。这么好吃的露兜树果实，怎么能让这个厚脸皮的家伙抢走呢？所以，椰子蟹就用它那巨大的前螯夹住了萨斯的前足。

突如其来的剧痛令萨斯一下子蹦了起来，他声嘶力竭地大叫起来。他使劲甩着前腿，想把椰子蟹甩掉，可是蟹螯因为反作用力夹得更紧了。

他用尽了一切办法都无法让椰子蟹松开双螯，只好强忍着疼痛蹲在地上。就在这时，里欧出现了。

里欧想要去咬椰子蟹，结果鼻尖传来一阵剧痛。里欧连忙向后退去，可是鼻尖上的鲜血滴答滴答地掉了下来。他被椰子蟹的蟹螯攻击了。

椰子蟹在攻击里欧的同时，更加用力地夹紧了夹住萨斯的那只蟹螯。钻心的疼痛让萨斯狂奔起来。

里欧伤得并不重。他用前脚抹了抹鼻子上的血，然后追赶萨斯去了。

前腿上挂着一个超过两公斤重的"秤砣"，萨斯跑得并不快。他拖着椰子蟹，跌跌撞撞地拼命奔跑着。在他的身后，里欧正在拼命追赶。

椰子蟹卡在了倒木上。由于萨斯正在用尽全身力气往前跑，椰子蟹的螯一下断了。说时迟那时快，里欧一口咬住了椰子蟹的残躯。

里欧和萨斯狼吞虎咽地吃起了椰子蟹。那美妙的味道让他们忘记了一切。椰子蟹的腹部有很多脂肪。以前村民会把蟹的脂肪烘烤出来用作灯油。

云彩在空中擦肩而过，月光时明时暗。不知何时，云彩完全不见了踪影，挂在灰色夜空中的月亮洒下明亮的光辉照耀着大地。就在他们急不可耐地享用这顿意外降临的美餐时，一个熟透了的露兜树果实跃入了他们的眼帘。

肚子实在太饿了，里欧和萨斯忘记了疼痛，大口吃起了果子。

饿到极点的肚子稍稍得到了满足，里欧终于恢复了冷静，开始观察四周。这里到处都是从树上掉下来的露兜树果实，椰子蟹要么趴在果实上，要么在地上窸窸窣窣地走来走去。抬头望去，能看见椰子蟹混杂在露兜树果实中间。椰子蟹很擅长爬树。

椰子蟹像哨兵似的把守在露兜树掉落的果实上。要是毫无防备地靠近它们，一定会遭到强烈的反击。有关这一点，里欧和萨斯已经从刚才的事件中得到了惨痛的教训。如果走过去吓唬它们几下，椰子蟹大抵会迅速逃走。不过，也有的椰子蟹会架起双螯，摆出威吓的姿势。要是招惹了这种家伙，肯定会吃不了兜着走。最好的办法是赶快溜走。

这简直就像是跳过了饿鬼界，突然来到了极乐世界的入口。两只小野猪十分满足，开始舔舐自己的伤口。里欧用长长的舌头舔着鼻子上的伤口，血腥味里混杂着油腻的椰子蟹的味道，让他想起了刚刚结束的那场战斗。

里欧和萨斯已经好久没有过这么悠闲从容的心情了。自从和野猪妈妈永别之后，每一天都过得很紧张。

为了能够独自生存下去，他们必须拼尽全力度过每一天。原来和亲人在一起，能让自己如此安心和放松！而且，虽然经历了一场格斗，不过最后还饱餐了一顿呢。自己受的那点伤和兄弟重逢的喜悦比起来根本不算什么，两只野猪舔着伤口，沉浸在幸福的气氛中。

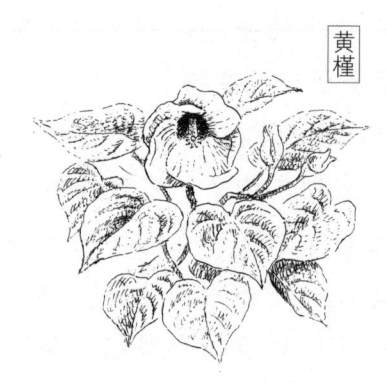

森林的恩赐

虽说到了九月中旬,可是处于亚热带的西表岛上的气候和八月份相差无几。常绿阔叶林反射着耀眼的阳光,变成了一片墨绿色的波涛,淹没了整个岛屿。从外面看起来,森林的样子似乎一年四季都是夏天的装扮。可事实上,森林一直随着亚热带的四季变换在悄悄地发生变化。

八月对野猪来说是个食物匮乏的痛苦季节。虽然有天仙果和细叶榕果实这些无花果的同类,可它们是属于空中飞翔的鸟类的，在地上生活的野猪就无缘享用了。

进入九月，森林将会为野猪准备好食物。一些锥栗属植物的果实会成熟掉落。里欧和萨斯会捡拾锥栗的果实吃，然后把蚯蚓、蝗虫、蜗牛和蜈蚣等当菜吃。

有一次，他们发现了一件有趣的事。当时里欧和萨斯正在互相追逐嬉戏。里欧在前面跑，萨斯在后面追。里欧灵巧地在树木之间穿梭。忽然，里欧被露兜树上的藤蔓绊住了，身子一歪撞到了红楠树上。由于这下子撞得比较狠，红楠树晃了一下。随后，发生了一件意想不到的奇事。

枝叶茂盛的红楠树上哗啦啦掉下了许多黑色石子一样的东西，噼噼啪啪地掉在了落叶上，大概有十几个。那些东西既不是小石子也不是果实，竟然窸窸窣窣地蠕动起来。

里欧因为撞击的反作用力被弹了回来，当他站起身来，看到眼前这些爬来爬去的黑乎乎的小东西时，不禁吓了一跳。他盯着它们看起来。咦，这不是鹿角虫吗？

眼尖的萨斯也发现了，他顿时扑了上去。里欧也一口咬住了鹿角虫。鹿角虫坚硬的鞘翅被嚼碎时发出咔吱咔吱的声音，美味的体液在口中扩散开来。小时候，他们和母亲一起吃过一次，只有一次。当时，里欧在玩弄一只身上穿着油光发亮黑色铠甲的硬邦邦的虫子，玩着玩着，他忍不住用牙把那虫子嘎巴一声咬碎了。他永远也不会忘记那一刻口中的美妙滋味和心中自豪的感觉。现在,这种好吃的鹿角虫就掉在了自己的面前,里欧完全沉浸在这意外的惊喜之中了。

"吱——!"萨斯大叫一声,发了疯似的把鼻子在地上蹭来蹭去。

"怎么了?"里欧不由得回头张望,与此同时萨斯扬起了鼻子。萨斯的鼻尖上挂着一只硕大的鹿角虫。

笨手笨脚的萨斯没能一口咬住虫子,结果被鹿角虫那强有力的钳子给夹住了鼻子。

"蠢货!不是刚刚才被椰子蟹夹过吗?争点气啊,萨斯!"里欧斜着眼睛瞄了萨斯一眼,然后很灵巧地一口吞下一只大鹿角虫,嘎巴一声咬碎了。

这件事之后,里欧和萨斯就知道了红楠树上有鹿角虫。只要发现红楠树,他们就撞树,然后再大口大口地吃掉落下来的虫子。

两只小野猪茁壮地成长着,每天都精神抖擞。如果他们没有早早地离开母亲,学着独自生存,恐怕不会这么顺利地长大。对于还没有完全断奶的幼小孩童来说,兄弟姐妹的陪伴成为他们互相支撑、互相扶持的巨大力量。如果没有椰子蟹袭击事件,里欧和萨斯恐怕还不知道何时才能相见。小小的不幸却带来了如此大的幸福。这个神奇的际遇,给了失去母亲的小野猪们生存的力量。

野猪少年们每天都吃下大量的锥栗果实,变得勇猛刚健，充满好奇。两只小野猪常常会跑去陌生的地方，渐渐扩大了自己的活动范围。

有一天，他们顺着山的斜坡往下走，来到了山谷间一块潮湿的地方。那里有一片桫椤树林。桫椤是一种三四米高的树状蕨类植物，从树的顶端生长着像椰子树那样的硕大羽状叶片，向四方伸展。从树下仰望，细细的叶片仿佛是镶嵌在蔚蓝的天空中，绘出了一幅美丽的图画。

空气湿乎乎的，不过小猪们的心情却很清爽。微风拂过，叶子随风摇摆，发出令人愉悦的声音。透过桫椤叶子间隙看见的清爽的蓝天，仿佛被这沙沙声剪了下来，然后，这些蓝色的碎片陆陆续续地流入了里欧的身体。

隔一段距离，就会有一棵高达十米的笔筒树从这片晃动着柔软绿色涟漪的树冠天棚上钻出来。笔筒树是一种与桫椤类似的树状蕨类植物，不过比桫椤高出很多。

穿过这片长着鳄鱼皮一样树皮的桫椤树林，出现在眼前的是一片山苏花群落。他们常常在森林中遇见这种附生在树上的蕨类植物，不过，这么多的山苏花聚集在一起生长，他们还是第一次见。山苏花叶子的形状与万年青类似，叶片光亮而坚硬，足足有一米长，呈放射状重叠生长着。在这些叶片的正中央生长着嫩叶，叶尖是向内侧卷曲的。这个部分既柔软又甘甜。

里欧和萨斯特别爱吃嫩叶尖。在森林中，他们一看见山苏花就会吃掉卷曲的嫩叶尖，不过也只能吃一点点。可是，在这里就不同了，终于可以放开肚皮吃了！里欧和萨斯不顾一切地狼吞虎咽地吃起来。

"下次还要再来！"里欧牢牢地记住了这个山谷的地形。沿着长满蕨类植物和爬山虎的陡坡向上爬，是一片生长在缓坡上的森林。里欧和萨斯在丛林中开出一条路，走下了斜坡。

丛林中植物茂盛，爬山虎交错缠绕，人类行走起来十分困难，必须拿柴刀和镰刀一边开路一边前进。可对于野猪来说却是小菜一碟。野猪的体形就像一颗尖头子弹，浑身覆盖着又粗又硬的毛发，因此小树枝和藤蔓刮不到身体。野猪短小的四肢强有力地移动着，不管是多么杂乱纠缠的树丛，他们都能像子弹头一样穿越过去。

他们来到了一片生长着黄槿和莲叶桐的森林。黄槿那橘黄色的大花点缀在一团茂盛的绿色之中。那薄薄的花瓣仿佛用力吹一口气就会破裂。应该很好吃吧，里欧心想。莲叶桐那硕大的叶片簌簌地摇晃着，黄白色的果实掩映其间。想必这个也很好吃，不过果子太高了，够不着。"只能等它熟了掉下来的时候再过来了。"里欧心有不甘地抬头看着那果实。

隔着树丛，里欧听到了一种陌生的声音。那声音时大时小，有时会有停顿，奏出轻快的旋律。他还闻到了从未闻到过的气味。

穿过黄槿树林,他们来到了海州常山和银毛树的矮树林。碧凤蝶停在海州常山的花朵上,吮吸着花蜜。每当它扇动翅膀,就会放射出黑欧泊宝石一般妖艳的光彩。里欧和萨斯拨开缠绕的藤蔓,走进那片林子,继续前进。这时,透过树丛的间隙,他们看到了迄今为止从未见过的景色。

里欧和萨斯都是第一次看见海。无边无际的海水涌向岸边,沙滩上泛起白色的泡沫。紧接着,波浪退回了海面,然后又向着沙滩缓缓袭来。波浪的每次往返都会发出有节奏的声音。

里欧停住了脚步,面对着从未见过的神奇景色,他不禁看呆了。海上吹来的风带来了海水的气味,充满了里欧的鼻孔。

他们走出矮树林,看见一片开着可爱粉红色花朵的马鞍藤伸展着长长的藤蔓铺满了沙滩。白色翅膀尖上点缀着一抹红色的鹤顶粉蝶正在上面翩翩起舞。里欧和萨斯走进那片马鞍藤,拨开马鞍形状的厚厚的叶子,继续前进。蝗虫蹦来蹦去,还有螳螂。两只野猪拼命地抓了大蝗虫来吃。

在沙滩上行走,有一种奇怪的感觉。每走一步,脚都会陷进沙子里,不管怎么使劲,力量都被沙子吸走了,也没有办法快速奔跑。不过,很好玩,里欧和萨斯享受着这种滑稽的走路方式。

　　这里是海湾，有一大片因为退潮而露出的海滩。在那里，里欧和萨斯看见了一幅令人难以置信的光景。

　　那片海滩上布满了直径一厘米左右的黑色小石子。里欧和萨斯刚一靠近，满满一地的小石子一下子全都消失了，只剩下一片广阔的沙滩。

　　里欧身边二十米范围内的小石子都消失了，只有一片寂静无声。里欧慢慢地向前走去，眼前的小石子随着他的前进都陆续消失了。

　　里欧回过头去，看见了萨斯惊诧的脸。更令人吃惊的是，里欧之前走过的地方，又出现了无数的黑色小石子。里欧的脑子完全混乱了，搞不懂这究竟是怎么一回事。

　　里欧朝着黑石子猛冲过去，可是在沙地上他根本跑不快。然而令他惊讶的是，黑色的石子竟然钻进沙子里消失了。

　　里欧呆呆地站在原地，盯着黑色石子消失的那片沙地看起来。在那片梦幻的空间里，无数黑色的小石子在缓缓向前移动。

　　里欧使劲瞪大眼睛，想要看清楚黑色石子究竟是什么东西。仔细看了看，他发现黑色小石子的身体里伸出了细细的树枝形状的东西。"是螃蟹吗？可是还是很奇怪。"

就在里欧驻足凝视的时候，距离他几米远的沙子微微动了几下，黑色小石子出现了。小石子陆续都出来了，里欧一动不动地盯着它们。

他突然灵光一现。

那东西的确是螃蟹。细长的树枝状物体左右共十条，前面的两条顶端是分叉的。最前面的两条是蟹螯，其他都是螃蟹的脚。

里欧回头一看，只见呆站在原地的萨斯周围也出现了几只黑色小螃蟹。

里欧突然跑了起来，就像是说好了似的，萨斯也发力了。

两只野猪在螃蟹群里像发了疯似的乱跑起来。

这种螃蟹是短指和尚蟹，属于沙蟹科，分布在种子岛至东亚一带。它们常常集结成一个大的群落，在红树林湿地或海滩移动，因此也被称作"军队蟹"或"移动的地毯"。一旦觉察到危险，它们会巧妙地使用蟹足，像忍者一样瞬间钻入沙子里。里欧和萨斯是第一次接触短指和尚蟹，自然对这种沙遁术惊愕不已。

里欧和萨斯用前脚和鼻子在螃蟹消失的沙地里随处挖掘。那么多的螃蟹都藏到哪里去了？完全找不到踪影。

如果在螃蟹消失不见的瞬间迅速挖下去，有时会有黑色石子一样的螃蟹蹦出来，仰面朝天躺在沙子上，在空中挥舞着细长的螃蟹脚和蟹螯。

里欧叼起一个螃蟹一下吞入口中。嘎巴！螃蟹被咬碎了，体液在口中扩散。"嗯，不太好吃。味道好奇怪！"不过里欧还是勉强咽了下去。

萨斯还在犹豫。他最害怕长着螯的动物了。一想起被椰子蟹和鹿角虫夹过的伤痛，他就浑身发冷。不过，当他看到小螃蟹那细小的蟹螯时，稍稍放心了些，又看到里欧已经吃下去了，顿时来了食欲。萨斯也吞了一个，可是刚咬了一口就吐出来了。"味道太怪了，不好吃。"

野猪少年们好像屁股后面着了火一样在沙滩上四处奔跑，在沙地上刨来刨去，只要一有螃蟹出来，他们就一口咬住。萨斯起初很讨厌那个味道，渐渐地也就习惯了，能吃下去了。

太阳变成了一个红色的大火球，慢慢朝海平面下沉。太阳挂在天空时，只要看上一眼，眼睛仿佛就要被刺瞎了。可是现在，太阳或许是被大海吸走了那丰饶的光芒，只剩下温和的红色光辉洒满了天空。

波光粼粼的海面反射着阳光，仿佛有无数颗大大小小的獠牙在海上漂浮。里欧不由得嘎吱嘎吱磨起牙来，那两颗小小的獠牙刚刚从嘴里探出头来。

这是里欧第一次看见夕阳入海。他从未见过这么大的太阳，太阳渐渐收起了光芒，嗖地一下消失在海的另一边。曾经在沙滩这块油画布上像速写一样描绘出各种图案的无数螃蟹，也渐渐消失在涨上来的潮水中。

里欧和萨斯在沙滩上尽情地奔跑着,虽然有些累,但是和螃蟹嬉戏玩耍却很愉快。马鞍藤仿佛在暮色降临的海岸上点起了灯,里欧和萨斯走过马鞍藤花丛,走进了黄槿树林。

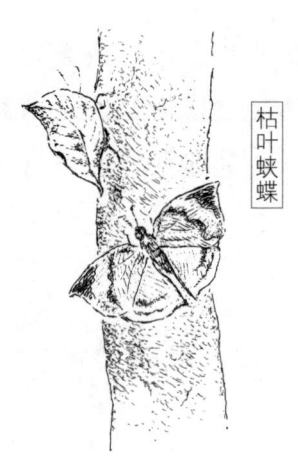

枯叶蛱蝶

草山陷阱的悲剧

狂风肆虐,树叶被卷走,树木被风吹得歪斜着,发出咯吱咯吱的声响。小树枝被连着叶子扯了下来,就像断了线的风筝一样在空中飞舞。嘎巴!是大树枝断裂的声音。

冲绳有"台风银座"之称,从六月开始便有台风造访。里欧和萨斯跟在母亲身边的时候就领教过台风的厉害。他们把割下来的草堆成一座小山,在草垛上挖了个洞,建成了一个休息用的窝。台风期间,他们就钻进洞里，躲避风雨。

听着狂风呼啸的呜呜声和森林的咆哮声，里欧和萨斯紧挨在一起，迷迷糊糊地打着盹儿，时不时睁开眼睛，等待着台风过去。兄弟俩偎依在窝里，又让里欧想起了自己被野猪妈妈细心呵护、每天有香甜乳汁喝的儿时的时光，每当这时里欧的心情会变得十分放松和宁静。

台风刮了三天三夜，野猪少年们终于厌倦了。他们吃了些筑巢用的草，不过肚子仍旧很饿。雨下个不停，雨水从厚厚堆积的草垛缝隙渗进来，把洞里都淋透了。不过，外面的雨更大，风更强，这一点是毋庸置疑的。虽然洞里十分闷热，可是他们也只能忍耐。

虽然可以忍受闷热，但最让他们受不了的是跳蚤和虱子。太痒了，他们真想从洞里出去，跑到地上打几个滚。里欧和萨斯拼命按捺住这股冲动。他们互相蹭来蹭去，扭动着身体，把对方的身体当成扫帚使劲蹭啊蹭。

第三天的午后，雨变小了，台风北上而去。里欧从窝里跳了出来，做的第一件事就是在地上打滚。虽然饥饿令他难以忍受，可是他更受不了"瘙痒"。里欧在满是泥浆的地上翻滚着，全身裹上了一层泥巴。没必要去泥塘，连日的大雨已经把地面变成了一片泥巴海。

台风虽然让人讨厌，不过唯有一件事是好的。那就是它会打落许多米槠和石栎的果实。里欧和萨斯在泥巴里翻滚了一会儿，便像饿鬼一样不管不顾地吃起那些果实来。

第二天,台风彻底北上而去。天空完全放晴了,南国明亮的太阳照耀着大地,让人无法想象这里的天空和森林刚刚经历过一场疾风暴雨。

狂风和暴雨都到北方去了,温和的秋日又回来了。不过,森林被风暴伤得很重,叶子少了,树枝断了,一片狼藉。吸足了水分的树木和花草似乎没把这点儿创伤放在心上,又开始养精蓄锐了。

动物们忙起来了。它们终于告别了持续三天的忍饥挨饿,鸟类、青蛙和昆虫们都纷纷出来觅食。

蝉的叫声充斥着森林,蝉鸣的间隙回荡着乌鸦的大声啼叫,其间还混杂着绿翅金鸠悠长的叫声。大冠鹫在晴朗的高空盘旋,空中传来它大声啼叫的声音,"呱——呱——"。

吃完了果实,里欧和萨斯又来到那片长满山苏花的山谷吃嫩叶。

长长的绿色叶片上有一片枯叶。里欧正要去吃从伞状排列的叶子中央长出的嫩叶,可是他突然停住了。那片枯叶有些奇怪。

一般来说,干枯的叶子落下来时都是扁平的一面朝上。可是里欧面前的这片枯叶,竟然是垂直立在山苏花叶子上的。

"太怪了。"里欧心想。这时,那片垂直站立的枯叶一下纵向分裂成了两片叶子。几乎在同时,两片叶子的内侧,有红色闪了一下。

里欧还以为自己看花眼了。他甩了甩头,再次将目光聚焦在那片枯叶上。那片叶子仍然垂直立在那里。

里欧吸了口气,轻轻呼了出来。那口气息从他长长的鼻子里出来,变成了一股气流,摇晃着那片枯叶。

"咕——"里欧忍不住低声沉吟了一声。枯叶分成了两片,下方出现了一条美丽的红色条纹。然后,两片枯叶又合起来变成了一片。

里欧被弄得一头雾水。有一瞬间,他心想,是不是蝴蝶呢。可是眼前这个东西,无论怎么看都是一片枯叶啊。

里欧变得心烦意乱,越来越不耐烦,朝着那个枯叶妖怪扑了上去。

枯叶轻飘飘地飞了起来,变成了像燕尾蝶那么大的蝴蝶,美丽的红色条纹闪闪发光,向别处飞去了。不一会儿,它头朝下停在了桫椤叶子上,翅膀一开一合地扇动了三四下,然后又并起了翅膀,变成了一片枯叶。这是枯叶蛱蝶。这种蝴蝶在日本只有冲绳才有,常会伪装成枯叶。

秋色渐深,野猪的主食——米槠果实也越来越少了。不过,秋天为即将到来的冬天准备了美味的食物。到了十一月,"扑通""咔嚓",森林里开始传来轻快的响声。这并不是琉球龙蜥从树上跳下来的声音，也不是青蛙跳跃的声音。这是冲绳里白栎的橡子从树上掉落的声音。这种栎树有约二十米高，结的果实是全日本最大的橡子。直径约二点五厘米、长约三厘米的大橡子对野猪来说是令他们感激的晚秋馈赠。

为了找到冲绳里白栎，里欧和萨斯在山里进行了大范围的移动。

话说回来，他们并不是在丛林里漫无目的地游荡，而是有一个大致的活动范围，里面有他们经常行走的野猪道。野猪道又有小路分出来，最后形成一张由大大小小的野猪道组成的路网。

野猪的活动范围里包括了山脊和山谷等复杂的地形，还有比较大的河流。在活动范围的西侧，是里欧和萨斯曾经遇见短指和尚蟹的那片海岸。河口处生长着丰饶的红树林。红树林生长在热带和亚热带的入海口和潮间地带，是由耐盐水的红树科树木组成的独特的树林。

里欧和萨斯下到山谷，沿着谷底通往上游的野猪道行走时，突然觉得有哪里不对劲儿。若是在往常，那棵高大的笔筒树的右边应该有一条小路，可是现在那里生长着茂密的灌木丛，小路不见了。

一只蜥蜴跑了过去。萨斯觉得好玩，便追了上去。

一座草堆积而成的小山挡在了野猪道上。那座小山上有一个洞，野猪道贯穿其中，就像一条隧道。

"怎么回事？以前明明没有这些东西的。难道是爬山虎缠绕在一起形成了这座小山？"里欧有些纳闷儿，慢慢地凑了上去。

追赶蜥蜴的萨斯在草山前面停了下来。乍一看去，这很像是野猪休息的窝。那个洞前后贯通，形成了一条隧道。

萨斯的好奇心战胜了怀疑，他朝隧道看了一眼。

萨斯不由得探出了身子。昏暗的隧道的地上，堆着许多冲绳里白栎的果实。萨斯一下兴奋起来。

自从看到小路被树叶遮住的那一刻起，里欧的心中就涌起了莫名的不安。小心翼翼尾随萨斯而来的里欧也看见了滚落在隧道里的那些大橡子。

"哇！好大的橡子！"有一瞬间他特别高兴，可是疑惑迅速赶走了喜悦。草山隧道里为什么会出现这么多的大橡子？想来想去都觉得很诡异。是谁放在这里的吗？莫非是其他野猪？可是转念一想，按照野猪的习性来说，不太可能发生这种事。有可能是山猫，真要是这样，决不能随便碰那些橡子，有危险。一旦被山猫发现肯定会遭到攻击。

行事谨慎的里欧十分小心地看着隧道。

那堆橡子前面横着两根藤蔓。藤蔓一般缠绕在树上，或是在地上匍匐生长。可是这两根藤蔓却浮在空中，横在橡子的上方。里欧虽然不明白这些道理，可是直觉告诉他这很不自然。

不自然的东西都是危险的,这是本能告诉他的。里欧在隧道前停住了脚步,思索着这座草山究竟是什么。

萨斯也觉得有些奇怪。可是,他最终没能战胜橡子的强烈诱惑。

萨斯慢慢走进隧道,发现面前横向伸出来两根藤蔓。那两根藤蔓前面有好几个大橡子。他嘎巴嘎巴咬碎橡子壳,吃到了里面的果肉,甜中带涩,很好吃。

藤蔓的后面还有许多橡子。

萨斯用嘴咬住藤蔓,用力一拽。

原本撑得很紧的藤蔓根部突然像被切断似的松动起来。

草堆成的小山突然晃动起来,眨眼间顶部就塌了下来。

里欧眼看着面前的草垛小山突然摇晃起来,在巨大的轰鸣声里塌陷了。

一块要一个人才能抱得住的大石头从压扁的草垛里滚了出来。眼看着那块石头就要砸到自己的脚了,里欧赶紧向后退去。

几根木棒从塌掉的草山里戳了出来,石子遍地都是。萨斯被埋在了那草垛里,不见了踪影。这成了里欧和萨斯的永别。

那座草垛小山是岛上的猎人设下的捕猎野猪用的

陷阱，叫作草山陷阱，是西表岛上自古相传的传统狩猎陷阱。

砍下几根粗壮而结实的树枝，首先立起两根柱子。在柱子上架上两根横木，然后在横木上斜着搭上七八根一米五长的木棍，在倾斜的屋顶上放上二三百公斤重的石头。所有的木棍都用琉球络石绑住，然后再拉起两根粗藤蔓（或结实的绳子），只要一扯藤蔓，支撑的木棍就会松动，装满了石头的屋顶就会掉下来。这就是陷阱的原理。

在陷阱上铺上草，周围也盖上草，把木棍和屋顶的石头全都遮住。陷阱设在野猪道的主干道上，再用带有树叶的树枝挡住通往陷阱的一百米以内的干道上的分岔路，这叫作"藏路"。这是为了诱导野猪径直走向草山陷阱，防止他们跑到岔路上去。

草山陷阱轰鸣着倒下了。里欧闪身避开了屋顶上滚落的石头之后，就像射出的子弹一般沿着来时的道路一溜烟儿地逃跑了。

他完全不明白究竟发生了什么事。可是，唯有一点可以肯定——转瞬间萨斯就被埋在了塌陷的草垛和石头下面，从自己的眼前消失了。可怕的危险正在靠近，必须尽快远离危险。

里欧拼命地奔跑着，不顾一切地跑着。他被露兜树藤蔓绊倒了，翻了个跟头摔在了地上。可是他立刻爬起来，跑进了小路。他总觉得主干道上太危险了。

小路上时不时有灌木、蕨类植物和藤蔓挡路。里欧对此毫不在乎，每次都像火箭弹一样穿过障碍物。

里欧来到了一个生长着茂盛的大型蕨类植物合囊蕨的地方，那里有他的窝。他钻进窝里，躲了起来。

又过了两天，里欧变得无精打采——因为萨斯不在了。就算萨斯在身边，他们也不会找到更多的食物，而且也没有什么需要他们两个联手对付的敌人。小时候他们害怕西表山猫，可是现在里欧的体形已经长到了山猫的两倍大，也不用再担心遭到袭击了。

萨斯不在，不会给里欧的生活带来任何不便。可是，里欧失去了心灵的支柱，这个创伤是巨大的。不过，到了第三天，里欧仿佛忘记了这个伤痛，又恢复了精神。

野猪原本就是独立生活的动物。出生后第一年，幼崽会和母亲、兄弟姐妹一同生活，一年之后，就会离开母亲独自生活。由于里欧还是个孩子，和兄弟之间的感情比较浓烈，因此失去好兄弟的打击也比较大。不过，自从母亲被猎人杀死，他就开始试着独自生活了。独立生活者的本能让里欧很快重新振作起来。

里欧经过湿地时，他听到了一阵呻吟声。"咕嗷——！咕噜噜！"那声音像是从身体深处挤出来的。里欧朝着声音传来的方向加快了脚步。

一条两米长的黑眉锦蛇正在吞食一只牛蛙。牛蛙肚子以上的部分已经被吞进去了，已经出不了声了，只剩下露出来的两条后腿在空中挣扎着。

黑眉锦蛇是栖息在日本的蛇类中最大的一种，有时甚至长达二米五，无毒，性格比较温和。里欧曾经见过它盘在树上吞食小鸟。

黑眉锦蛇发现里欧凑过来了，叼着牛蛙就跑进了湿地草丛中。

被这幅场景刺激到的里欧突然也想吃牛蛙了。里欧找到了一只牛蛙，悄悄靠近它。牛蛙用力一跳，跳进了湿地草丛。里欧连忙追了上去，结果跳出来许多牛蛙。

如果牛蛙干脆利落地逃走了，里欧也就死心了。可是这家伙跳出一定的距离后，就会停下来休息。于是里欧就会想，只差一点儿就能抓住了！然后继续追赶。可这里毕竟是湿地，脚陷在泥巴里，动作也不敏捷。里欧开始变得不耐烦了。

一只红蜻蜓落在了前方的灯芯草上，仿佛在嘲笑里欧。里欧用力吹了一口气。红蜻蜓乘着那股气息轻轻飞起，然后又降落在同一个地方。

目标牛蛙就在几米开外的地方。里欧蹑手蹑脚地悄悄靠近，然后猛地跳了起来。如果这是在坚硬的地面上，或许已经顺利抓住牛蛙了。可是这里是泥巴地，里欧得先把陷在泥巴里的脚拔出来，因此动作变迟钝了，牛蛙不慌不忙地跳到前面去了。

里欧恼火起来，不管不顾地蹚着泥浆追了过去。

跑着跑着，他的前脚似乎被什么东西挡了一下，感觉像是一根粗壮的藤蔓。

哪里是什么藤蔓，里欧撞上了一个不得了的家伙。那是跑到湿地来吃牛蛙的琉球原矛头蝮。被气昏了头、只知道狂奔的里欧，没看见这条皮肤颜色和湿地颜色相近的毒蛇。

琉球原矛头蝮突然被野猪的前脚踩了一下，顿时愤怒了，扭动着橡胶一样柔软的身体，反转身子一口咬住了里欧的左前脚上半部分。

里欧吃了一惊，不过他也不甘示弱。他本能地咬住了毒蛇的腹部，猛地甩了一下头。借着这股力道，毒蛇被里欧从前脚上扯了下来，在空中舞动着。

里欧用力咬紧了牙，只听嘎巴一声，毒蛇的骨头断了，血从他的嘴里流了出来。

琉球原矛头蝮的身体断成了两截，惨兮兮地横在里欧的面前。蛇的头还在动，尾巴在痛苦地翻滚着。虽说野猪是杂食动物，而且里欧也能吃蛇，不过面对这条断成两截的毒蛇，里欧实在是没有食欲。

左前脚开始一阵阵地跳着疼了，里欧舔舐着伤口，可是疼痛越来越厉害了。

傍晚，里欧在一棵高大的华丽榕根部伏了下来。

被毒蛇咬过的左前脚上半部分早已肿得不成样子，整个左前脚从上面到脚趾尖都肿起来了，连呼吸都变得困难了。伤口已经变成了暗紫色，剧痛不已。里欧一直趴在地上，默默地忍耐着。现在的他没有一丁点儿食欲，什么也不想吃，连动都不想动。

琉球原矛头蝮是八重山列岛才有的原矛头蝮属蛇类。它的毒性没有原矛头蝮那么强，所以被它咬了不至于丧命。不过，由于它的毒素是溶血性的，会引起组织坏疽。如果是人被咬了，必须注射原矛头蝮血清，进行适当治疗，否则会有截肢的风险。

野生动物具有很强的抵抗力，大多数情况下会自然愈合。里欧的身体本来就很强壮，完全具备野生生活培养出来的强大的自然治愈能力。到了第三天，他已经能用三条腿走着出去觅食了。

白栎的果实还在扑簌簌地从树上往下掉。这对里欧来说是一件值得感激的事。因为果实很大，所以即便数量很少也足以果腹。

日子一天天过去，里欧的伤口也渐渐好转了。到了第十天，他已经能毫无障碍地用较慢的速度奔跑了。

蟪蝉

森林王者

到了十二月，本州会刮起瑟瑟寒风，寒冷的冬天降临了。可是在地处亚热带的西表岛，平均气温能达到二十七摄氏度多，和东京十月份的气候差不多。

在绿色的茂林之中，里欧正迈着坚定的步伐不慌不忙地行走。里欧已经五岁了。五岁的野猪已经是一头健壮的成年野猪了。这对于自幼与母亲和兄弟分离、早早地开始独自生活的里欧来说，是漫长又痛苦的五年。不过，正因为他渡过了这些难关，才能成长为身心强壮的雄性野猪。

强健的体魄是上天最好的恩赐。里欧的体重已经超过了七十公斤。如果是本州的野猪，体重超过一百公斤的雄性并不在少数，不过琉球野猪体形一直比较小，最大的也就六十公斤左右。里欧的体形可以说是特别大了。

正在觅食的里欧似乎走得很慢，可实际上他的耳朵和鼻子却异常敏锐。对现在的里欧来说，唯有人类才算得上是可怕的敌人。小时候他曾经很害怕西表山猫，不过如今他的体格比山猫大了好多倍，所以再也不用担心了。里欧想要捕捉的信号其实源于雌性野猪。

从十二月到次年一月，是琉球野猪的繁殖季节。野猪基本是独居动物，雄性和雌性都是各自生活的。在里欧的活动范围中，生活着三只野猪。

琉球野猪的雄性从两岁起开始参与繁殖活动。里欧和三头雌性野猪关系很亲密，尤其是跟年轻的库洛哈很投缘，他们有时会一起去掉落了许多橡子的采食点觅食。

里欧今天一直在找库洛哈。他的身体烧得难受，没什么食欲。他只想赶快找到库洛哈，已经把五官的感觉调节到了最敏锐的程度。

一只蜥蜴从树丛里钻出来，跑上野猪道，蹿上倒木，然后歪着脑袋盯着里欧看起来。里欧像是没看见它似的，继续赶路。一只大蜈蚣从落叶下面钻出来。要是在平常，里欧肯定一口把它吞下去了。可是今天他却若无其事地走了过去。

里欧停下脚步，动了动耳朵。他听见了微弱的"卟——卟——"声和嘎吱嘎吱的磨牙声。

发出这个声音的应该是一头追赶雌性的雄性野猪。里欧紧张起来，将注意力全部集中在耳朵上，不敢放过任何一丝声音。

没错。里欧的内心涌起了强烈的竞争意识。他走进小路，朝着声音传来的方向快步走去。

有两只陌生的雄性正在追赶库洛哈。长着黑色毛发的雄性来到库洛哈身前，把鼻子凑到她的屁股上闻了闻。另一只长着长鬃毛的雄性跑向黑毛雄性，用肩膀用力将他推到一旁，将下巴搭在了库洛哈的背上。

库洛哈似乎有些烦了，她迅速向前跑了几步，离开了那两只雄性。库洛哈拒绝了雄性们的求爱。可是两只雄性并不死心，仍旧跟在库洛哈后面追赶。

看到眼前这幅情景，里欧不禁怒火中烧。他冲出树丛，跑了起来。怎么能让别的家伙抢走他心爱的库洛哈呢！

跑到距离对方约二十米的地方时，里欧稍稍冷静了一些。即便是在怒不可遏的情况下发动战争，他也没有必胜的把握。在这三年的繁殖期里，围绕雌性展开的战争不在少数，里欧曾经有过很惨的经历，因此他明白决不能被感情冲昏了头脑，鲁莽行事，必须先弄清楚对方是怎样的家伙。

黑毛雄性比较年轻，精力充沛。另外一只长鬃雄性年龄很大，左下方的獠牙断了。他的作战经验一定很丰富。

幸好库洛哈还没做好接受雄性的准备。两只雄性不停地诱惑库洛哈，想让她接受自己。

两只雄性野猪是竞争对手。为了把库洛哈据为己有，他们必须打败对方。他们一边追逐库洛哈，一边伺机攻击对方，还要防备自己受到攻击。两只野猪把牙齿磨得嘎吱嘎吱响，咻咻地喘着粗气，酝酿着一触即发的战争，紧跟在库洛哈身后。

血气方刚的黑毛野猪最先按捺不住了，他突然掉转头，朝长鬃雄性扑了过去。

长鬃雄性迅速闪开了。年轻雄性用力过猛，向前倒去。这时，长鬃雄性从他的身后撞了上去。年轻雄性被撞飞了，他顺势向前跑了几米，又改变方向，朝长鬃雄性发起了攻击。两只野猪的肩膀发生了激烈的撞击。

双方势均力敌。他们稍作休息之后，又开始了战斗。两只野猪恐怕已经围着库洛哈争抢了好几天了。能感觉出年轻野猪有一股"务必要在今天决出胜负"的高昂的斗志。

库洛哈对雄性们的争斗似乎毫不关心，她慢悠悠地走着。在她身后，跟着三只小野猪。刚才他们一定是被激烈的争斗吓到了，钻进树丛里躲起来了。

里欧一直在一旁观察两只雄性的战斗。他们一定会有一方败下阵来，到那时就只剩下一只了。里欧的对手将会是一只野猪。通过观察他们战斗的样子，里欧能够详细了解胜利一方的作战方式和力量。狡猾的里欧在稍远的地方观察着两只野猪的战斗。

野猪的战斗方式很有意思。猪科动物当中，有电视上常见的荒漠疣猪，还有居住在非洲热带雨林、一脸严肃表情的大林猪和非洲野猪。这些野猪都长着突出锋利的獠牙，可是却从不用獠牙进行战斗。大林猪和荒漠疣猪战斗时会猛烈撞击额头，非洲野猪则是顶着鼻子尖互相推搡。

日本本州的野猪和琉球野猪使用的是比较另类的战斗方式，他们会互相剧烈撞击肩膀。因此，他们肩膀上的皮特别厚，长满了又长又硬的毛发。同样地，他们之间也绝不会使用獠牙战斗。

拥有锋利巨大獠牙的动物，一般是狮子和狼等肉食动物。野猪是偶蹄类动物，是鹿和马的同类。不过，野猪虽然主食是植物，但也吃昆虫和小动物，具有杂食性，并且有一个特征：长有獠牙。

老虎、狮子和猴类的獠牙通常是由上颚的犬齿向下伸长而长成的，可是野猪的獠牙却不同。他们上颚的犬齿也向外突出，不过向外伸出的长长的獠牙，是下颚的犬齿。獠牙不断生长，野猪不停地摩擦上下獠牙，所以獠牙变得像刀一般尖锐锋利。和狗等动物战斗时，獠牙就是武器，一旦被野猪的獠牙伤到，就会留下刀割一般的伤痕。

獠牙主要用于和外敌战斗，以及在觅食的时候刨土、挪开石头。颇有意思的是，獠牙绝不会用于野猪之间的争斗。

野猪之间的战斗多因争夺雌性而起。这个时候如果用了獠牙这个极具杀伤力的武器，会导致重伤或互相残杀。这不仅会给个体带来极大的损失，对于种群的维持也是很大的损害。繁殖这个行为不仅仅是为了延续个体的基因，也是有利于种群存续的行为。所以，在为了繁殖而进行的战斗中不使用獠牙，这是野猪在漫长的进化过程中形成的不伤害对方的作战方法。

长鬃雄性和年轻的黑毛雄性狠狠瞪着对方。长鬃雄性"咻咻"地喘着粗气，鬃毛倒竖，"咔咔"地磨着上下獠牙。

年轻雄性也在"咯吱咯吱"地磨着牙，鬃毛倒竖，用前脚使劲刨着地面。

他们都累了。不过，黑毛雄性因为比较年轻，还剩下一点力气。他无论如何都想在今天做个了断。里欧的出现更加坚定了他的这个决心。一旦变成三只野猪的混战，除了靠实力，更要凭运气。今天出现的这头雄性野猪体格魁梧，看上去很强壮。他必须尽快先把这个家伙干掉。

年轻雄性用尽全身力气朝长鬃雄性冲过去。

他们肩膀相撞，发出咚的一声。突然，长鬃雄性身子一扭，闪向一旁。年轻雄性用力过猛，朝前倒去，运气没有降临在他身上。长鬃雄性站立的地方恰巧是悬崖的边缘，上面长满了草，不注意根本看不出来——那是一个十米高的断崖。年轻雄性头朝下栽了下去。

年轻雄性掉在了山苏花丛上，山苏花丛起到了缓冲作用，总算捡回了一条命。可是，他彻底失去了斗志，垂头丧气地消失在树丛中。

看到两只野猪的战斗结束了，里欧迅速凑到库洛哈跟前。他们是亲密的朋友，他以为库洛哈会很容易接受自己，可是事情并不像他想象中那样顺利。

里欧把鼻子凑到库洛哈的屁股上闻了闻气味，然后和她并排站着，把下巴放在了她的肩膀上。这是求爱的信号，意思是：我喜欢你。可是库洛哈抖了一下肩膀，甩开里欧的下巴，快步前进起来。三只小猪如影随形地跟在她身后。

里欧的期望落空了，顿时变得很沮丧。大概库洛哈还没做好接受他的准备吧，里欧心想。他很识趣地放弃了。

其实，库洛哈没有接受里欧的求爱是有原因的。库

洛哈有了一个狡猾的主意。她并不是讨厌里欧。如果只有里欧一只雄性野猪，她应该会接受里欧的求爱。可是现在，她还有另一位追求者——长鬃雄性。她想等到他们两个决出胜负，看看究竟谁更强。到时候，她将接受那个强者。

里欧和长鬃雄性保持着不近不远的距离，跟在库洛哈的身后。他们有时会威吓一下对方，或者快跑几步超过对方，炫耀自己的力量，同时也在衡量着对手的实力。

渐渐地，里欧可以确信了：自己比长鬃雄性更加强大。第一次见面时，里欧就曾经有过这样的直觉。然后，这种直觉在争夺库洛哈的战斗中渐渐变成了不可动摇的信心。

不过，他决不能大意。如果是在平时，对手一般会承认自己的劣势，放弃战斗逃走。可是，恋爱中的野猪有时会做出鲁莽的行为，发挥超级实力，里欧曾经在以往的繁殖期中遇到过这种情况。

里欧对于自己处于优势的自信很快就得到了证实。

长鬃雄性走近库洛哈，向她求爱。他把下巴搭在库洛哈的肩上，令里欧意想不到的是，库洛哈竟然没有把他甩开。长鬃雄性立刻往库洛哈的屁股上爬去。

里欧简直不敢相信自己的眼睛。为什么库洛哈要接受一个体格比自己差的老家伙？里欧一下子气昏了头，朝长鬃雄性猛扑过去。

两只斗志高涨的野猪，隔着几米远的距离怒目相向。他们"咻咻"喘着粗气，"咔咔"磨着牙齿，倒竖鬃毛，互相威吓。

里欧缓缓向前靠近，缩短了他们的间距。如果任由愤怒的情绪支配冲上前去，长鬃雄性很有可能会闪身躲开。这是长鬃雄性在和刚才的年轻雄性战斗中使用的巧妙战术。要是不小心上了他的当，搞不好又会被他从背后袭击。

面对浑身散发着怒气、一点一点靠上前来的里欧，长鬃雄性积蓄浑身力气，使劲儿瞪着里欧。这是气势的较量。

啪！长鬃雄性能感觉到心中紧绷的那根线断了。这就好像水闸的开关终于承受不了水压而折断了。里欧的气势如洪水般涌进了长鬃雄性的心里。

长鬃雄性顿时没了精神，斗志也烟消云散了。他掉转身，倒竖的长鬃毛也耷拉下来了，灰溜溜地走开了。

小时候娇小瘦弱的里欧现在比谁都高大、强壮。幼年丧母，又经历了好兄弟萨斯的死，不到一岁就开始独自生活。他必须克服生活中从天而降的各种困难。小时候，他连什么东西能吃都不知道。

他永远也忘不了自己吃海边柿的经历。那熟透了的扁扁的黄色柿子看上去是那么美味，闻起来也很香。对于饥饿的里欧来说，实在太有吸引力了。他毫不犹豫地咬下了挂在枝头的柿子。

刹那间，嘴里传来一阵灼烧感，仿佛有几十根细细的针在扎着舌头和脸颊。里欧疼得直翻白眼，连忙把嘴里的柿子吐了出来。

吐出来以后，他嘴里还是残留着有毒的涩味，像是有一团火在嘴里燃烧，那感觉真是讨厌极了。里欧不停地吐着唾沫，可是附着在嘴里的涩味没那么容易消失。他不停地嚼草，再吐出来，痛苦了好几个小时。要是当时把柿子吃进去了，遭的罪可就不止这些了。

在他体形还很小的孩童时代，曾经很怕西表山猫和大冠鹫等猛禽类。而且，最需要警惕的是人类和陷阱。里欧没有任何其他力量可借助，不得不凭借一己之力克服生存之路上的种种困难。

如今，里欧已经具备了生存的力量和智慧，成长为一头勇猛的雄性野猪。曾经的胆小变成了谨慎，能够有效地阻止那些感情用事的鲁莽行为。

里欧长到八岁了。他体格健壮，浑身有使不完的力气。他和活动范围中的三只成年雌性有了孩子。库洛哈当然是其中的一只。库洛哈的女儿库罗奈也长大了，已经有了五个孩子。库洛哈和女儿没有住在一起，但她们十分亲密，常常待在一起。库洛哈还有三个孩子，所以他们在一起的时候就变成了一个由十只野猪组成的大群落。

里欧是森林中最强壮的野猪，没有一头雄性是他的对手。在繁殖期，也有年轻雄性闯入里欧的活动范围调戏雌性，不过立刻就在里欧的猛烈攻击下退出了。里欧现在成了古见岳一带的君王。

一个盛夏的黄昏，里欧正走在开满山苏花的森林中的野猪道上。天还很亮，可是郁郁葱葱的森林里暮色已经悄悄降临，林中一片幽暗。白天叫个不停的冲绳熊蝉安静下来了，螗蝉那悲伤清澈的叫声回荡在阴暗的森林里。

"扑——扑——"，这是库洛哈的声音。里欧竖起耳朵，听到了野猪宝宝们吵闹的声音。

"扑——扑——"，这次的声音有点高，是库罗奈的声音。看来她和库洛哈在一起呢，里欧心想。"扑咿——扑咿——"，这次的声音尖尖的，好像很着急。野猪宝宝们在央求着要吃妈妈的奶水呢，里欧心想。

里欧穿过露兜树藤缠绕的树林，快步走向声音传来的方向。抵达后，他看见库洛哈一家正在休息。

库洛哈的孩子们踢着落叶活泼地跑来跑去。库罗奈躺在地上，露出白色的肚皮，五只野猪宝宝正在吃奶。奶头有六个，每只小猪都能分到一个，不过由于库罗奈是横躺在地上，要想吃到上面那排奶头，就得推开叼着下排奶头的小猪，或者踩在他们背上。小猪们为了争抢奶头，发出"扑哞——扑哞——"的不满的叫声，吵闹不停。

里欧的出现似乎没有引起他们特别的注意，大家只是瞥了他一眼。里欧进入库洛哈家族并不是什么稀罕事，大家理所当然地接受了他。

里欧并排伸出两只前足，把头放在脚上，趴下来休息。里欧的内心充满了宁静。看着野猪宝宝们抢着吃奶，扬起落叶四处奔跑，他不禁想起了自己小时候和萨斯、斯库洛一起嬉戏玩耍的情景。

八只小猪都是里欧的孩子，这或许让里欧产生了身为父亲的慈爱心情。

在野猪社会中，雄性和雌性原则上是各自独立生活的，他们之间并不会形成夫妻关系。雄性和雌性在繁殖期进行交配，然后雌性妊娠。因为每年常常是不同的雄性和雌性交配，所以每年出生的孩子的父亲都不同。

不过，由于在这个岛上里欧的力量过于强大，到了繁殖期，其他雄性是不被允许向雌性求爱的。所以在里欧的活动范围中居住的三只雌性的孩子都继承了里欧的遗传基因。

当然，里欧并不明白这些道理，或许是出于本能吧，他对于孩子们会情不自禁地生出一种特别的亲切感情。

里欧站了起来，保持着王者的威严，缓缓走入群落。库洛哈的一个孩子跑了过来，围着里欧的脚边转来转去。里欧向他投去温柔的目光，伸出前脚把小家伙绊了个跟头。其他两只小宝宝也跑了过来，在里欧的脚边打闹。

里欧慢慢走着，带领着三只嬉戏欢闹的野猪宝宝，走进了丛林。库洛哈和带着五个孩子的库罗奈紧跟了上去，形影相随。

蜥蜴

值得敬佩的敌人

古波藏传三去红树林捉螃蟹去了。那里有许多梭子蟹科的青蟹，用铁丝网做成笼子，放上诱饵，在晚上放进水里，能抓到不少青蟹。

第二天一早，传三去收笼子，结果令他十分意外。不知为何，收上来的笼子都是空的。他放了二十个笼子，才收获了五只青蟹。传三十分失望。

有时候会有超出预期的收获，有时候却一无所获。传三也不知道这是为什么，或许这就是运气吧。他放弃捉蟹了，把小船划到了岸边。

"咦？"传三小声嘟囔了一声。红树林的泥巴地上留下了一串野猪的脚印。仅仅是脚印的话，倒也没什么大惊小怪的，他之所以惊奇，是因为在其中发现了特别大的脚印。

嗯？传三沉吟着，一直盯着那脚印。他打猎这么多年，还是头一次看见这么大的野猪脚印。四周混杂着成年野猪和野猪幼崽的足迹，看来有一只特大野猪混杂在雌性和幼猪的群落里。那一定是一只他从未见过的雄性大野猪，可能体重能达到六十四公斤，不，搞不好是七十二公斤。七十二公斤重的野猪啊！这可是闻所未闻啊！"大班！"传三不由得身体发热，心脏怦怦直跳。当地人把巨型野猪叫作"大班"。

"好，我要抓住这家伙！"传三的心里萌生了猎人的野心和自豪感。从未听过从未见过的巨型野猪！这简直就是琉球野猪之王啊！传三已经按捺不住兴奋的心情了。

传三备好了三天的口粮。野猪总是在山中游荡，能否轻易碰见还未可知。他做好了野外露宿的准备，磨好了柴刀和长枪的刃。然后，他又仔细地检查了长枪的手柄。曾经有一次，他顺利用长枪刺中了野猪，可是，痛苦的野猪剧烈扭动身体，连接长枪的柄和刀刃的部分折断了。这次可是从未逮过的大家伙，力气一定大得可怕。他必须打起十二分精神来应对，否则一定会吃大苦头。

　　长枪的柄是用茜草科的香楠制作的。这种树木既柔软又结实，不容易折断。长枪大约长一米八，是一个成年人张开双臂的长度，这在长枪里算是短的了。由于野猪会以猛烈的势头奔跑着发动攻击，因此短一些的枪用起来比较方便。

　　传三拿起长枪，挥舞几下后接连刺了几下。

　　四只琉球猎犬看到传三的猎人装扮后顿时兴奋起来。看到他舞动长枪，领头犬太郎叫了一声，于是其他猎犬坐不住了，围着传三焦急地转来转去。

　　传三来到海岸，坐上船，朝入海口划去。他沿着长满茂密红树林的河岸逆流而上，没走多远，就把小船停在了岸边，那里矗立着一棵高大的菲岛福木。昨天发现的巨型野猪脚印就在距此几十米远的木榄树林里。

　　组成这片红树林的红茄苳盛开着白色的花朵，那些白花低垂着头，仿佛在阴暗的森林里亮起了一盏盏白灯。这种树的树干下方长出了许多气生根，那些气生根就像章鱼的爪子支撑着树干，又像是给树穿了一条短裙。这样的树林，对野猪和山猫来说不在话下，人类行走起来却困难多了。

　　传三来到了他的目的地——那片茂盛的木榄树林。潮水恰好退去了，一根根膝根从泥土中间露了出来。所谓膝根，就是树根隆起露出地面的部分。它的形状很像

是人屈着膝盖半蹲半坐时的样子,因此而得名。膝根是气生根的一种,发挥着呼吸器官的作用。一眼望去,树林中仿佛排列着许多泥巴人偶,酝酿出一种诡异的气氛。

　　延伸到岸上的泥巴地里,有许多杂乱的野猪脚印。传三按住迫不及待的猎犬,盯着脚印看了一会儿。这里有一头体形庞大的雄性野猪,一只雌性野猪和三四只小猪。

　　传三开始考虑作战方案。猎物的数量不算少,猎捕起来似乎不难。可是,猎犬们会分头行动,最终很有可能一只也捉不到。目标是野猪王大班,必须想办法让四只猎犬把注意力集中在野猪王大班身上,不去追其他野猪。这个作战计划能否成功,关键就要看领

头犬太郎了。

  传三抚摸着太郎的头,对他说:"好好表现!"然后就带着他去野猪脚印那里了。传三让另外三只猎犬原地待命,让太郎仔细地去闻巨型野猪的脚印。"就是这家伙,目标就是留下这个脚印的家伙。太郎,给我好好记住了!"传三让太郎闻了足够长的时间,然后又让他闻了闻雌性野猪和幼崽们的脚印。

  其他三只猎犬,八郎、九郎和十郎也闻了那些脚印,尤其是很仔细地闻了巨型野猪的脚印。"你们必须乖乖地听太郎的话,不许擅自行动!千万不能一看见母猪就昏了头啊!"传三再三叮嘱三只猎犬。

他们追寻着野猪的脚印,来到了一棵高大的细叶榕树下。钟表指针指向了两点。他们走了很久。

"稍微歇会儿吧。"

传三坐了下来,喝起了水桶里的水。

"呼,呼噜噜!咳,咳噜噜!"

圆润的叫声如珠玉般滚落。

"是绿鸠在叫。"

传三抬头看去,鸟儿闪着金属光泽的绿色羽毛在细叶榕错综复杂的树叶之间若隐若现。

太郎突然抬起头,竖起耳朵,"汪"地小声叫了一声。这是太郎发现猎物时发出的暗号。他应该是捕捉到了随风而至的微弱气味。

"好嘞,出发!"

传三急忙整理好行装,让太郎打头,出发了。一生一次的战斗就要打响了,一种莫名的紧张驱散了疲劳。

经过一片茂密的合囊蕨树林时,太郎突然停住了,朝风吹来的方向扬起了脸,好像在捕捉什么气味。

太郎和其他三只猎犬悄无声息地走在传三前面,他们一定是发现了野猪群落。

蜥蜴刺溜一下跑过去了。要是在平常,爱玩的九郎肯定追上去了,不过现在他根本不去理会,闪着炯炯的目光,竖着耳朵,朝着气味传来的方向拼命奔跑。

太郎停住了，九郎和十郎按捺不住兴奋的心情，在四周转来转去。

传三似乎听到了微弱的声响。就算他再怎么动用嗅觉，也闻不到野猪的气味。不过刚才耳朵边上一闪而过的声音，的确是野猪的声音。野猪家族在行走的时候会不停地发出声音互相呼唤，应该是这个声音随风传进了耳朵。

他们继续前进，断断续续地听到了野猪的叫声。猎犬们早就知道了野猪的存在，绷紧了全身上下的肌肉。

"咚——！"一个沉重的声音突然打破了蝉鸣声，似乎是重物撞击的声音。接着，便传来野猪热闹的叫声。

"这是什么声音？"传三停住脚步，心生疑惑。比较有可能的是草山陷阱塌陷的声音，可是自己并没有设下陷阱啊。就算是其他人设下的陷阱塌了，照理说野猪们也不应该如此欢闹。他们肯定会受惊跑掉的。

那个莫名其妙的声音弄得传三一头雾水。然而，一个声音在他耳边低语：不能犹豫！他突然意识到如果错过了这个机会，这次的野猪捕猎很有可能会以失败告终。传三果断下了决心，命令太郎："去吧！去追野猪！"

三只猎犬跟在太郎身后，一溜烟儿地消失在密林之中。

用猎犬捕猎是西表岛自古以来的一种狩猎方式。一般是四到六只猎犬，不用锁链拴着。平时猎人决不会给他们喂野猪肉，只有打到了野猪，回家之后才会把野猪的内脏、头和骨头等给他们吃。

一旦在山上发现了野猪，要从下风向接近，越近越好，巧妙地包围野猪，把野猪逼到无处可逃的地方。每座山里，没有退路的地方大抵都是一定的。猎人跑到那里，和猎犬合力，用长枪刺死野猪。这就是猎犬捕猎法。

野猪狩猎能否成功，关键在于猎犬的好坏。琉球猎犬身体较长，四肢短小，很擅长在灌木丛中穿行，这对狩猎野猪来说是最理想的身体条件；动作敏捷，嗅觉特别灵敏，对主人十分顺从。

领头犬尤其重要。他必须很好地统率其他猎犬，巧妙地把野猪逼到没有退路的地方。

太郎前胸宽阔，体格健壮，性格稳重，力量强大，猎犬们对他极其尊敬。最让传三赞不绝口的是他的判断力。被追赶的野猪也在拼命求生，为了逃脱猎犬的追捕，他们会用尽各种办法。有时候会在同一个地方转圈，有时候会跳进河里隐去足迹，有时候会悄悄地藏在隐蔽处，总之会运用各种战术。猎犬的武器则是耳朵和鼻子。他们把自己的能力发挥到最大，对猎物穷追不舍。

里欧带着库洛哈和库罗奈以及八个孩子在森林里行进。

他们穿过长着硕大叶片的海芋树林，面前出现了一棵红楠树。

里欧突然猛跑起来。库洛哈他们还没明白过来发生了什么事，就只见里欧猛地撞上了红楠树。

"咚——！"一声沉闷的巨响传来，十几个黑色颗粒从树上落了下来。那些黑色东西在一束束阳光的照射下闪着黑光,噼噼啪啪地掉在了落叶上。

库洛哈颤抖了一下。她还以为里欧疯了,这么猛烈的撞击,搞不好把身体撞坏了。

传三怀疑的那声巨响,其实就是这个声音。大吃一惊的并非只有传三。幼崽们也不知道发生了什么事,呆呆地站在原地。

被巨大的力道撞翻在地的里欧很快站起身,一头扎进草丛里,衔起一只鹿角虫,抬起头看着孩子们。然后,他嘎巴嘎巴地嚼了起来,看样子吃得很香。

孩子们见状立刻就明白了,争先恐后地跑到草丛里或树叶上去寻找鹿角虫。

里欧躺在草丛里,眯着眼,看着孩子们拼命地寻找那些黑色的宝石。

库罗奈的孩子被鹿角虫夹住了鼻子尖,疼得嗷嗷直叫,鼻头上挂着黑色小石子到处跑。他还把鼻头在草丛里蹭来蹭去,想要把黑色虫子弄下来。

里欧感觉此情此景仿佛做梦一般,他十分开心地看着眼前的一切。小的时候,里欧曾经和萨斯发现过鹿角虫,他们高兴地大吃起来。结果萨斯的鼻头被鹿角虫的螯死死夹住了,疼得他四处乱窜。现在这件事从久远记忆的深处渐渐变成一种模糊的感觉,抚慰着里欧的内心。

陶醉在如梦般境地的头脑仿佛被猛击了一下,里欧迅速跳起，左右晃了晃头。

在瞬间改变了方向的风让他察觉到了危险。

"猎犬？"

里欧调动耳朵和鼻子上敏锐的神经，不放过任何一丝微弱的声音和气味。

里欧没有出声，默默地跑了两三个来回，打乱了正在玩耍的孩子们的阵形，然后跑进了树林。

库洛哈和库罗奈立刻跟了上去。她们从里欧身上散发的肃杀气里能感觉到有一种未知的危险正在逼近。这种时候，野猪们是不出声的，绝对不能告诉敌人自己的位置。

四处转悠着寻找鹿角虫的小野猪们也察觉到了这不同寻常的气息，连忙追赶野猪妈妈去了。

里欧早就知道，几只猎犬正在追踪他的群落。他们距离自己越来越近了。

如果只有里欧一个，只要他全速奔跑，就能够摆脱猎犬的追踪。可是，现在的情况非常糟糕。如果只是成年雌性，他还可以放任不管，可是他还带着八个孩子，无论怎么努力，速度也快不了。

里欧听到了猎犬们踢飞落叶奔跑的声音。他困惑了。该怎么办？索性冲进狗群里？

就在他迷惑的时候，猎犬们追了上来。打头的太郎大吼了三声——追上野猪了！这是他在给传三传递信号。

九郎一口咬住了一只跑得慢的小野猪。

"吱——！"痛苦的惨叫声刺破了树林的宁静。

库洛哈听到惨叫声后，突然掉转头，用锐利的獠牙划破了咬住孩子的九郎的肚子。

九郎跳了起来，然后砰地一下倒在了地上，嘴里还衔着那只小野猪。

八郎迅速朝库洛哈展开了攻击。

太郎看着八郎，高声尖叫了起来——不行！别管她！目标是那只大块头公野猪！

本来有一个绝好的机会，能咬住雌性野猪的脚。八郎虽然心有不甘，可是太郎的命令是必须服从的。他立刻掉转方向，跟上了太郎。

几只猎犬如疾风般冲入野猪群，野猪们陷入一片混乱。库洛哈钻进了右边的树林，库罗奈扎进了左边的树丛，孩子们拼命地追赶着母亲。

里欧一直朝前奔跑着。有那么一瞬间，他曾以为能顺利脱身。像这样分成三队的话，猎犬们应该也会分开。幸好其中一只猎犬已经被库洛哈杀死了，剩下的三只如果分成三路追踪，现在应该只有一只猎犬在追赶自己。这样就没那么可怕了，他总会有办法脱身。

然而，里欧完全想错了。三只猎犬没有分开，一起在追赶他。不过，这样更好，里欧心想。这下库洛哈、库罗奈和孩子们就安全了。他岂能败给这种无能的废物狗？他轻轻松松就能把他们甩掉。

值得敬佩的敌人

里欧像导弹一般在森林中全速奔跑。海芋叶子噼噼啪啪地折断了，一丛丛合囊蕨被撕扯得一片狼藉，里欧所到之处，落叶被踢得四处飞散。

猎犬们咆哮着紧随其后。刚刚拉开点儿距离，他们又追了上来。

里欧突然改变了方向，来了个直角大拐弯，继续飞奔。

里欧想用这个战术让猎犬们陷入混乱。然而，他太小瞧这些猎犬了。他们比里欧预想的更加难对付、更加老练。

太郎立刻就看穿了：野猪拐了个直角。他没有径直跟上去，而是朝斜前方改变了前进的方向。他想抄近路接近野猪。

猎犬从罗汉松林中一跃而出，差点儿和野猪撞到一起。里欧大吃一惊，不过他毕竟是高手，立刻转身，朝着来时的路全速逃走了。

循着犬吠声一路追踪而来的传三突然觉得有些不对劲儿。"嗯？奇怪。"猎犬们的叫声越来越大了。也就说明，猎犬们又返回来了。"怎么回事？"正当他疑惑之际，突然听见有什么东西正朝着自己的方向奔跑而来。

"莫非是……！"传三喃喃道。在奔跑时能在森林中弄出这么大动静的，恐怕只有那只巨型野猪了。传三的心顿时缩紧了，他紧紧握住了长枪的枪柄。

伴随着一阵踩踏大地的轰鸣声，一只巨大的雄性野

猪出现了，径直朝传三冲了过来。

传三脸色苍白，刹那间没了主意：怎么办？即便是有打野猪高手之称的传三，也不知道该如何应对一只从正面飞奔而来的巨型野猪——他以前从未经历过这种事情。

长期以来，他都是用长枪刺死被猎犬追击和咬伤的野猪。这与其说是和猎犬协同作战，不如说是更多依赖猎犬的一种狩猎方法。他从未预想过在没有猎犬的情况下，和野猪一对一决战的情形。

该如何阻止这头猛跑的野猪呢？这简直就像是徒手阻挡一辆全速前进的大卡车。传三的心里掠过了死神的身影。其实，里欧也同样大吃一惊。他根本没想到会遭遇两条腿走路的神奇动物——人类。

那个男人一直铭刻在里欧的记忆里。小时候，他浸泡在泥塘里，猎犬突然出现，他和妈妈被迫分开了。里欧藏在泥塘里逃过了一劫，可是猎犬们却追着母亲消失在森林里。然后，人类出现了，急匆匆地追赶猎犬而去。现在，站在野猪道上的这个男人，千真万确就是当年那个男人。他穿着和那时候一样的衣服，手里拿着一根装着银光闪闪的长獠牙的木棍。

里欧当然不知道这个男人就是杀害母亲的凶手。可是，那件事发生后，里欧的确变成了孤零零一个。看见这个手拿长獠牙的木棍站在自己面前的男人，里欧感到了莫名的不安和恐惧。

如果要折返，后面还有猎犬穷追不舍。要不然索性就这样一往直前和人类相撞？里欧犹豫了一下。

跑到距离传三大约三米远的地方，里欧身子一闪，跳进了旁边的露兜树林。

传三拿着长枪，勉强躲过急速飞奔而来的野猪，正准备把长枪投出去，却一下子呆在了原地。他那早已失去了血色的苍白脸庞还在抽搐。

太郎和八郎、十郎一边吼叫着一边追了上来。

太郎看了传三一眼，立刻跳进了野猪逃走的露兜树林，剩下的两只猎犬也跟了上去。

传三紧绷的那根弦一下子松了下来，他把长枪当拐杖支撑着身体，长长舒了口气。"太厉害了。这下可真是不好对付了。"传三身子一抖，打了个激灵，用长枪的金属箍"咚"地敲了一下地面。

太郎的追踪战术十分高明，他把里欧逼到了一个身后是岩石悬崖的地方。

三只猎犬十分得意地大叫起来——猎物被我们困住了！快点儿过来！

里欧喘着粗气，用犀利的目光狠狠盯着猎犬，想要找出突破口。猎犬们对于狩猎野猪早已十分熟练，他们以太郎为中心，配合默契，联手作战，形成了一个轻易无法破除的包围圈。

传三追了上来。猎犬们高兴得大叫起来，迎接主人的到来。

传三双手紧握长枪朝前刺出，大声命令："冲啊！"

三只猎犬一齐向着里欧狂吠起来。

十郎做出要扑上去的样子，嗒嗒朝前跑了两三步。

里欧用前脚叩击地面，威吓猎犬，不为所动。如果他被对方的挑衅激怒了，发动了攻击，他的侧面一定会遭到偷袭。

里欧"咻——咻——"地喘着粗气，"咔咔咔"地磨着獠牙：放马过来啊！

双方的试探和胶着持续了一阵，太郎突然绕到了右侧，瞄准里欧的后腿发动了进攻。

就在里欧扭动身子躲开攻击的瞬间，八郎和十郎朝着他的腿扑了上去。

野猪的身上长满了又长又硬的粗毛，就算被咬中了肩膀和肚子，牙齿也咬不穿那层皮。因此，猎犬的目标是脚和鼻子。要是能咬住野猪鼻子是最好的了，可是那里长着短刀般锋利的獠牙，一不小心攻击者就会被獠牙撕烂。所以，必须想办法咬住野猪的脚。

猎犬们相互配合，想要咬住里欧的脚，可是里欧巧妙地避开了他们的攻击，挥舞着獠牙，想要给猎犬们插上一刀。

八郎没能躲过里欧的攻击，尾巴断了三分之一。八郎发出了一声惨叫，不过他没有退缩，大吼起来。

传三端着长枪,想要找个恰当的机会给野猪来上一枪。可是面对疯狂的野猪,他简直束手无策。如果猎犬不能咬住野猪腿,他就没办法下手。

十郎使出了一个意想不到的绝技,他跳上了里欧的后背。

里欧想要把他甩下来,这时,十郎咬住了里欧的耳朵。

鲜血喷涌而出,流进了里欧的眼睛。意外的剧痛让里欧扬起了头,太郎抓住这个机会咬住了里欧的前足。

里欧剧烈甩动身体,趴在他背上的十郎被狠狠甩了出去。八郎抓住这一瞬间的破绽,朝里欧猛扑上去。

"就是现在!"

传三冲了上去,用尽全身力气把长枪插进了里欧的肩膀。

里欧突然缩紧了肩上的肌肉,扭动着身体。枪尖只是刺伤了肩膀,在厚厚的硬毛上打了个滑,传三顺势向前跌倒了。

里欧几乎用肉眼看不见的飞快速度甩了甩头,与此同时以猛烈的势头向前冲去,隆隆踩踏着大地,径直飞奔而去。

向前跌倒的传三翻身而起,眼前是一幅凄惨无比的情景。

浑身是血的太郎横躺在地上,旁边是趴在地上用前脚抱着头的八郎。

传三跑到太郎身边，只见太郎从胸口到肚子都被撕开了，正躺在地上，奄奄一息，那副濒临死亡的样子简直惨不忍睹。

八郎的眼睛被撕裂了，满脸是血。他"呜咿——"叫了一声，叫声十分悲凉。

十郎像是没了魂儿似的，慢吞吞地走近传三，"哼哼"地叫着，把身子靠在传三的腿上蹭了蹭。

他们伤得太重了，想要治疗都无从下手。传三蹲下身子，强忍着想要哭出来的心情，看着太郎。

太郎一直用温柔的目光看着传三，渐渐地，他的眼中失去了光泽，身体里的生机似乎消失了。

"对不起，太郎！这一仗你打得漂亮！怪只怪我的本领还不到家，把你害了。你先忍一忍，我一定会替你报仇的！太郎！太郎！谢谢你！"

传三用手合上了太郎的双眼，大颗大颗的泪珠扑簌簌地滚落下来。

传三挖了个坑，把太郎埋了，然后在坟墓上压了块石头，双手合十，喃喃道："干得不错！好好休息吧！"赞美完太郎生前的表现，他又在坟前供上了饭团子。当猎犬被野猪杀死时，猎人通常都会这么做。

然后，传三又埋葬了九郎，用手巾包扎好八郎受了重伤的右眼，抱起八郎，无精打采地踏上了回家的路。

在他的身后，跟着垂头丧气的十郎。

　　这次真是一败涂地。传三失去了两只宝贝猎犬，尤其是其中一只还是领头犬太郎，这是让他最为痛心的。猎犬捕猎这个法子恐怕一时半会儿是行不通了。最让他窝火的是，自己的长枪竟然刺偏了。迄今为止他可是从未失过手啊！如果当时八郎咬住了野猪的后腿，恐怕就不会落得如此凄惨的下场了。

　　再怎么后悔也没用了，虽然心中满是悔恨，但他仍然十分钦佩巨型野猪王那威风凛凛又机智敏捷的战斗风采。野猪王甩掉了后背上的十郎，转眼间给了太郎致命一击，顺势又在八郎的脸上划出一道口子。如此熟练的战斗手法，让身为敌人的传三也不得不心生敬佩。传三忽然意识到自己被那只大野猪迷住了，不由得苦笑了一下。传三在森林中行走着，心中却五味杂陈：有懊悔，有悲伤，还有对敌人的赞美。

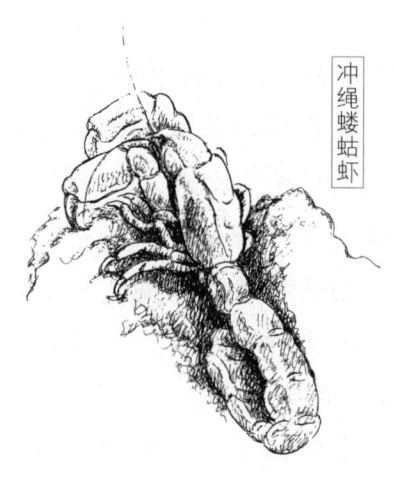
冲绳蝼蛄虾

迈向新生的对决

第二年，成了几十年不遇的糟糕的年份。从六月开始，台风不断。

秋天的主食米槠和可以结出巨大橡子的冲绳里白栎的花朵被吹得满地都是，森林里的果实变少了。再加上八月和九月有强台风连续登陆，好不容易才结出的青色果实大部分都被吹掉了。

由于食物减少，野猪们每天都在拼命地觅食。所谓祸不单行，这时候发生了一件事，给痛苦的日子雪上加霜。九月末降雨很少，台风肆虐而且大风被大陆的高气压所阻挡，在八重山列岛附近逗留了整整两天。

猛烈的强风就像推土机一样在海上挖了个大洞，像漩涡一样的狂风卷起了滔天巨浪，把海水灌进了森林。

"咻——咻——呼——呼——"，呼啸的海风发出令人毛骨悚然的吼叫声，吹跑了树叶，吹断了树枝。

台风过后的岛上一片狼藉。原本茂密的绿色屋顶被掀开了，森林变得千疮百孔，林子里亮堂起来了。森林失去了绿色，陷入濒死状态，这让贫弱的森林遭到了又一次打击。

森林被大量盐水浇灌后，又暴晒在台风过后的强烈日光下，渐渐变成了红褐色。七天之后，森林彻底染上了红褐色，变得奄奄一息了。

要是在往年，现在这个季节可以吃到大量锥栗和栎树的橡子。可是，今年频繁登陆的台风带来了一个歉收之年。而且红褐色的森林里，只有为数不多的能吃的食物。

野猪们都变瘦了，四处搜寻着所剩无几的食物。不幸的是，那些身体衰弱、免疫力低下的野猪得了皮肤病。他们开始掉毛，皮肤腐烂变白，一旦碰上树枝就会脱落。渐渐地，生病的野猪中间陆续出现了病死者，森林里随处可见瘦骨嶙峋的可怜野猪的尸体。

里欧和库洛哈他们也不例外。比起山里，里欧和他的家族更喜欢待在红树林里。红树林可以抵御海风的侵蚀，枯死的树木较少，退潮时海滩上的小动物，例如螃蟹和冲绳蝼蛄虾便成了野猪们的食物。泥沙地里还会有蚯蚓。然而，这些食物很快就被吃光了。

最美味的猎物是冲绳蝼蛄虾。蝼蛄虾是融合了虾类和寄居蟹样子的甲壳类。本州的海滩上随处可见，它们在沙地里挖洞居住，身长大约十厘米，常被用作钓鱼的诱饵。

冲绳蝼蛄虾有的甚至长达三十厘米，栖息在泥里。它们会把挖掘的泥土堆积起来，会形成高达一米的土堆。蝼蛄虾是夜行性动物，平时很难见到它们。不过对于同样在夜晚活动频繁的野猪来说，倒是正好。只是有一点，蝼蛄虾非常擅于逃跑，不太容易抓住，可一旦抓到了，就是一顿美味大餐。

有时候为了觅食，里欧会去那些距离自己活动范围很远的地方。

要是在平常，森林里到处都是爬山虎，郁郁葱葱，光线暗淡。可是现在，经过台风扫荡后，森林里变得亮堂堂的，视野也开阔了，路也好走了。

出了森林后又走了一会儿，来到了一片类似于粗茎茅草的植物组成的丛林。里欧走进这片从未见过的树林，嗅了嗅，试着咬下了一块茎。

里欧不由得发出了惊叹声，立刻嘎巴一下把茎咬下来吃了起来，甘甜的汁液一瞬间在舌头上漫延，流过喉

咙。"这是什么？"

他从未吃过这么甜的东西。橡子类果实是野猪不可缺少的食物，不过味道很涩。无花果的果子很甜很好吃，不过和现在吃的植物茎相比简直是小巫见大巫。

这东西太甜了，里欧不禁警觉起来。他把嘴里的茎吐了出来。里欧凑上去闻了闻，一股甜香味儿钻进了鼻子。

他舔了舔，好吃！

饥饿的身体驱散了警惕，里欧狼吞虎咽地吃起了长得像粗茅草的茎。

甜是肯定的，因为那是甘蔗。等肚子吃得胀鼓鼓的，里欧离开了甘蔗地。

他又发现了很多长得像海芋的植物。这些植物叶子比海芋的小，茎是红色的。里欧用獠牙把它们的根挖了出来。

有小石块那么大的椭圆形球根咕噜咕噜滚了出来，海芋可没有这种东西。里欧用獠牙把球根戳断了，里面是白色的，黏糊糊的。他小心翼翼地舔了舔，有点辣嗓子，不过味道甘甜，容易入口。这是里欧第一次见到芋头。他大口吃了几个，满足地抬起头，看见芋头地对面的地上生长着类似葛的植物。

这里是他以前从未到过的神秘场所，好像总有吃不完的美味食物，美好得像是梦幻仙境。透过芋头叶子看见的那片绿色田野究竟是什么？里欧的好奇心被挑起来了，虽然对芋头还恋恋不舍，不过他总觉得那里还有更好吃的东西，就朝绿色的田野走去。

长长的藤蔓在地上爬行，错综复杂地交缠在一起。这些藤蔓和葛藤不同，柔软水润，用脚一扯就断了。

里欧用獠牙扒开土，五六个大红薯滚了出来。大的家伙有野猪崽儿的半个脑袋那么大。

里欧毫不迟疑地咬住了红薯。好甜！他可从没吃过这么好吃的东西。转眼间，里欧就把这五六个红薯一扫而光。

他又去挖一旁的土地，果然又挖出了红薯。里欧顿时欣喜若狂，把藤蔓扯得七零八碎，把四周的土地都挖开了。大个儿红薯从地里陆陆续续露出来了。大喜过望的里欧再也忍不住了，兴奋得在绿叶组成的厚毯上疯狂地跳起舞来。

他吃啊吃，吃得快把肚子撑破了。从喉咙到胃里都塞满了红薯，简直马上就要从嘴里吐出来。从他来到这个世上，他从未像今天这么满足过。毕竟以前过的都是忍饥挨饿的日子，甚至有好几次濒临饿死的边缘。不费一点儿力气就能吃到这么多美味的食物，这是多么幸福的事情啊！

里欧咕噜一下躺在了地上，休息了一会儿，刚想回家，突然站了起来，抽动着鼻子。他的鼻子敏感地捕捉到了危险的气味。里欧瞬间恢复了野性，迈着小心翼翼的步子，朝气味传来的方向走去。

是狗粪，危险的气味就是从这里发出的。粪便并不是新的，不过，说不准什么时候狗就会出现。里欧用犀利的目光扫视了一下四周，观察着附近的情况。

有一个烟蒂，是人类的东西。看来人类和狗在几天前曾经来过这里。话说回来，这么多好吃的东西都集中在一个地方，一般来说是不可能的。这里一定是人类和狗的觅食点。

想到这里，刚才那幸福的心情顿时烟消云散了，里欧的心中充满了警惕，快步朝森林走去。

第二天夜里，里欧带着库洛哈和两个孩子，出现在田间。既然这里是人类和狗的领地，白天活动太危险了，于是他们便决定在夜间行动。

库洛哈和两个孩子已经饿得皮包骨头了。他们一路摇摇晃晃地走着，刚走到甘蔗地，其中的一只小猪就轰然倒下了。

里欧开始嘎吱嘎吱地啃甘蔗，库洛哈和另一个孩子见状也学着吃了起来。饥饿难耐的他们仿佛寻到了天堂的美食，不顾一切地吃着甘蔗。

倒在甘蔗地里的小猪叼起了库洛哈咬断的甘蔗。他已经连咬东西的力气都没了，可仍然挤出仅有的一丝气力把牙齿咬进了甘蔗里。甘甜的汁液在口中弥漫开来，流入了空空如也的胃里。小猪浮现出满足的神情，静静地闭上了眼，停止了呼吸。

接下来，里欧和库洛哈又袭击了芋头地。野猪们发了疯似的掀起土地，吃掉美味的芋头，吃得饱饱的。

第二天，库罗奈一家也加入进来了，三只成年野猪和四只小猪来到了菜地餐厅。

饱餐一顿之后，里欧开始四处转悠，他发现在稍远的地方有一片稻田。西表岛是亚热带气候，因此一年可以收获两次水稻。十一月将会进行第二次水稻收割。

里欧第一次见到沉甸甸的弯弯的稻穗。他用嘴咬住满是金黄色米粒的稻穗，使劲一捋，稻粒都掉进嘴里，里欧啪嗒啪嗒嚼着，被那种山里果实所没有的香甜震撼了。

库洛哈和库罗奈也跟了过来，他们被这种和红薯不一样的美味迷住了，咬住沉甸甸的稻穗使劲一捋，大口嚼了起来。野猪不停地吃着，一直吃到肚子快贴到地面。

绿色的森林变成了红褐色，食物匮乏，野猪们陆陆续续都饿死了。在这种情况下，里欧和他的家族在森林外面发现了人类开创的乐园，每天都享用着此前从未体验过的美食。

距离里欧和他的家族袭击田地已经过了一周。之前传三出去打鱼了，这一阵子都没去田里。得去田里看看了，传三心想，便出发去田里了。

水稻被威力强劲的台风吹倒了，地上就像铺上了一层金黄色的地毯。由于台风几度来袭，稻穗开花情况不好，是个歉收年。再加上水稻被刮倒了，稻穗沾上了泥浆，收获的稻粒上沾上了泥巴，处理起来很费事。

开垦荒地、建造水田是一件很辛苦的事。七年前，当一切努力得到了回报，传三的第一茬水稻成熟的时候，他内心别提多高兴了。水田的面积只有三反（一反约等于九百九十二平方米），不过因为收成好，本来传三还打算再开垦一反。可是现在被台风这么一折腾，开垦的事儿就再说吧。传三一边盘算着一边向田地走去。

当他看到森林一侧的田地时，不由得吃了一惊。传三停下脚步，盯着那里看起来。那附近的水稻一片狼藉，颜色都变了。怎么回事？传三心中升起一团疑云，走上前去查看，发现稻穗尖儿上的稻粒都被捋走了，那情景简直惨不忍睹。

东倒西歪的水稻之间留下了许多野兽的足迹。

"浑蛋！是野猪！我绝对饶不了你！"

传三咬住嘴唇，怒不可遏。

脚印有三种：小一些的脚印，成年野猪的大脚印，还有巨大的脚印！

"是那家伙，大班！"

他又想起了野猪王"大班"被追逼到绝境时那狂怒可怕的样子。

传三心口一紧,快步跑向红薯地。

红薯田的三分之一都被破坏了,甘蔗地和芋头地也被糟蹋了。

传三脸色铁青,呆立在原地。砍倒树木,除掉露兜树,把这片土地开垦成良田,他历尽辛劳才做到今天这个样子啊!每天和家人一起同森林战斗,和杂草战斗,然后甘蔗丰收了,那时大家是多么高兴!接下来收获的是芋头和红薯,都是刚刚开始能赚几个钱。

传三陷入了深深的失望,与此同时,另一个念头在他心中越来越强烈:一定要打败可恶的大班!杀死太郎的也是那家伙。猎人的使命感和斗志在传三的心里燃起了小小的火苗。

"那家伙还是值得一战的。早晚有一天,我要和他一对一决斗!"传三气势汹汹地发誓。

传三抬起了低垂的头。当他的目光落在田地对面的森林时,他感到了一种从未有过的不安。

那里是一片红褐色的森林,听不见小鸟的啼叫,也看不见蝴蝶飞舞。森林完全变成了砖红色,奄奄一息,却又拼命挣扎着想要恢复生机。

他想起了四天前去森林拾柴火时的情景,地上横着野猪的尸骸。两只野猪都已经瘦得皮包骨头。森林经受着台风带来的侵蚀，濒临死亡的边缘，那里已经没有食物了。

蜥蜴和蛇也死了，他还发现了绿鸠和赤翡翠的尸体，森林里大多数动物都正在忍饥挨饿吧。

传三又把目光移到了田里。遭受台风重创的并非只有森林。大部分甘蔗都倒了，叶子变成了干枯的黄褐色。芋头的叶子都被撕裂了，红薯的叶子大多也都枯萎了。不过，折断的茎又冒出了绿色的新芽，作物们应该能重新振作起来。不过，前几天传三挖了几块芋头和红薯，结果又小又难吃。这种东西肯定卖不出去。"今年真是糟透了，简直是地狱。"传三不甘心地嘟囔了一句。

鱼鹰在天上缓缓盘旋。它突然停止了飞翔，仿佛蓝天里静止不动的一个点，然后就像从跳台上跳下来的跳水选手一样，径直扎进了大海。它一定是发现了猎物——鱼。

"嗯，我还有大海和河流。"传三心想。虽然水田和旱田的作物都被毁了，可是大海里的鱼没有减少。冬天吹的是北风，大海波涛汹涌，不能像夏天那样捕到那么多的鱼。不过河里还有很多螃蟹和河鱼，所以蛋白质的摄取应该不成问题，还能勉强卖几个钱。

然而，只能依靠陆地食物生存的野猪却无法摆脱饥饿，可怜的家伙。

传三突然觉得野猪很可怜。他的脑海中浮现出骨瘦如柴的大班步履蹒跚地行走在红褐色森林中的凄惨身影。反正那些甘蔗也卖不出去了，索性送给野猪们吧。他心里冒出了这个念头。

传三脸上浮现出笑容。饥饿的野猪们发现甘蔗和红薯时该是多么高兴啊！一想到那幅情景，他的心里就涌起了一股暖流。

八郎和十郎跑了过来，在传三脚边嬉戏玩耍。

"好孩子！好孩子！"传三抚摸着八郎和十郎的头。八郎撒娇似的打了个滚儿，躺在地上舔着传三的脚，他的胸前显出了肋骨的轮廓。

贫穷的传三没有余力给狗喂足够的食物，猎犬们都瘦了。

"哼！我竟然想要给野猪送食物——简直是太蠢了！"传三吐出一句话来，脸上露出僵硬的笑容，心里打消了对野猪的同情。

要是胡乱对野猪大发慈悲，把田里的粮食都给他们了，野猪们尝到了甜头，一定会跟着大班继续糟蹋田地。吃了这些营养丰富的红薯和大米，他们肯定很快就会恢复体力。

这样一来，已经失去了太郎和九郎的传三就没有力量和大班对峙了。

不过，现在还来得及。那家伙现在瘦弱不堪，体力也下降了。八郎和十郎应该完全能应付得了。现在,是打败可恶大班的最好时机。如果错过了这个机会,可能永远不会有打败他的机会了。

传三冲着打闹的猎犬吆喝了一声,然后就急匆匆朝家赶。

走了一会儿,传三突然站住了,长长吁了一口气。

他完全没有斗志。为什么?传三在心里问自己。

不可思议的是,他对大班的仇恨消失了,心里只留下一个瘦骨嶙峋、蹒跚行走的大野猪的身影。

"嗯?那可不是你啊!你是岛上的野猪王。加油啊!再让我见识一下你昔日的雄风!"传三在心中呐喊。

杀死一只连路都走不稳的野猪,又有什么意义呢?连做口粮都不够,这简直有损他西表岛第一野猪猎人的名号啊!

传三又回想起大班曾经的英姿:以疾风骤雨般的气势在森林中狂奔,只一下,就用獠牙捅死了太郎。

"那样的你,才配做我传三的对手!"传三一想到自己和凶猛的巨型野猪战斗的情形,全身就开始微微颤抖,双颊开始发红。还是等等吧,等大班恢复成原来的样子再说。这才是真正的猎人的同情心和自豪感。

走在前面的八郎和十郎返了回来,围在传三脚边。

"乖,乖!"传三抚摸着他们的头,下定了决心,"我要和这两只爱犬迎战体力恢复的大班。对方可是打败

过四只猎犬的强劲对手。这次可要赌上性命啦！"

传三抬头看了看万里晴空。两朵像棉花一样的白云闪着银白色的光，飘浮在蓝天上。一只大冠鹫从云彩里冲了出来，划过天空，停在菲岛福木上。

这是传三喜欢的一种鹰。它头上的羽毛立了起来，这说明它很紧张，应该是发现猎物了吧。白色的冠羽在阳光的照射下明亮耀眼。

传三现在的心情就像秋日的晴空般明亮。突然，他笑了起来。传三放声大笑，笑声消失在蔚蓝的天空里。

"走，回家吧，得快点儿了。今天晚上开始，咱们就得去放哨了。"

传三招呼了猎犬一声，便急匆匆先走了。

一开始，他曾经认为，给饥饿的野猪一点儿甘蔗吃倒也没什么。不过到了这种时候，同情敌人、向敌人伸出援助之手的举动是没用的。他们或许很辛苦，自己也不容易啊。台风对人类、野兽和森林都是平等的。

传三决定筑一道野猪篱笆。

防御野猪的野猪篱笆一般建在村子和田地的四周。传统的野猪篱笆是用石头垒成的，可是现在没有时间建造一座真正的石头围墙，只能先用木头、竹子和白铁皮把旱地和水田围起来。传三决定，在篱笆建成以前，先建造一间看守小屋，他会和八郎、十郎一起住在这里，震慑一下野猪。

必须得快些了,今天晚上大班也肯定会带着野猪们跑来偷吃。

"看来今天晚上得在外头过夜了。"

一想到今晚野猪们吃惊的表情,传三顿时觉得心情非常愉快,不禁哼起了歌。

没有左手的黑熊

熊有熊的世界。在自己的世界里努力生活是最幸福的事情。

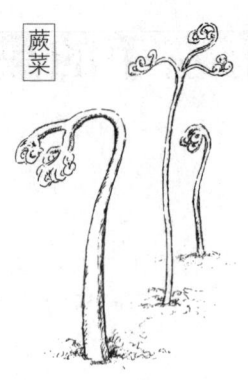

掉进陷阱的小熊

"啊！有好的！"

高浪理小声叫了起来，向前跑了五六步，蹲下了身子。

"啪！"随着一声清脆的声音传来，理的手上多了一根粗粗的蕨菜。

"我采到了一根上好的蕨菜！"

理举起手，给玄爷爷看。黏稠的汁液从断口处滴出来，在阳光的照射下闪闪发光。

"真不错！不过这里的蕨菜太少了，咱们再往里走走吧。"

玄爷爷的右脸被穿过树梢的阳光照得亮堂堂的。杂树林中的羊肠小道上,枹栎树发出了嫩芽,仿佛整个人都要被染成鹅黄色。

理是小学五年级学生,他特别喜欢在初夏的山里行走。小溪潺潺的流水声,轻轻拂过脸颊的微风,阳光下闪闪发亮的嫩叶——周围的一切都让理感受到新生命的萌动,让他的身体和心灵充满了力量。

"唧唧唧,哔——嗞嗞,唧唧,嗞嗞哔——"清脆的叫声敲打着理的耳鼓。

"是三道眉草鹀!爷爷,真好听!和冬天的叫声不一样呢。"

三道眉草鹀和麻雀一样,是一种常见的小鸟。它常常"唧唧"地叫着,飞落在院子里的树上。它们还经常停在田边的日本桤木和梅树上,山脚的杂树林里更是常见它们的身影。这里是位于京都北部的丹波高地,栖息着许多小鸟。而对于喜欢在山里漫步的理来说,这种脸上长着蓬松白毛的、像麻雀一样的三道眉草鹀,是尤其熟悉的一种小鸟。

"现在正好是小鸟们的繁殖期,那个叫声是雄鸟对雌鸟唱的情歌。古时候的人们把它听成了'容我写上一笔'或是'源平杜鹃白杜鹃'[1]。"

---

[1] 日语中,一笔的读音是 YIPPITSU,杜鹃花的读音是 TSUTSUJI,发音与三道眉草鹀的叫声类似,因此人们才会有这样的联想。—译注

"那是什么意思？写上一笔……"

"这个是古人的说法，所以不太好懂。容我写上一笔，用在书信的开头，意思是请允许我给您写这封信。源平杜鹃白杜鹃，意思是一棵树上开出了红花和白花，或是一朵花长出了红色和白色的花瓣。因为源氏的旗子是白色的，平家的旗子是红色的，所以人们才给杜鹃花起了这个名字。"

"嗯，有意思。写上一笔……这么一说倒还真是挺像的。剩下的部分就太勉强了。"

"唧唧，嗞嗞哔——"三道眉草鹀高声啼叫的声音回荡在整个树林里。

"以前这里长着许多蕨菜，可现在少多了。去山里面的茅草地看看吧，虽然有点儿远。"

玄爷爷快步走了起来。

他们走进了一片杉树林。太阳被遮住了。虽然现在是白天，可树林里十分昏暗，感觉阴森森的。地面上堆积着杉树的落叶和枯枝，树下几乎看不到杂草，连小鸟的叫声都听不见，真是一片寂寞的森林。在这寂静无声的有如黄昏降临般的气氛中，两人的脚步声显得那么不协调。在这种终日不见阳光的林中小道上，是不会生长蕨菜的。

两人默默无语，快步走出了那片杉树林。出现在他们眼前的是被杂树林包围的草原。柔和的春光倾洒在草原上，芒草的嫩叶美得令人不敢直视。这里和阴森的树林气氛迥然不同，让人心里觉得轻飘飘的。

两只三道眉草鹀落在草原上的树枝上。它们不停地上下摇动尾巴，"唧唧唧"地叫了几声，扑棱棱飞走了。树林里传来黄莺悠然的啼叫声。"嘎——嘎——"，这是松鸦粗声粗气的沙哑叫声。这附近一定有它的巢。

这里生长着许多小手指那么粗的蕨菜。

"哇——简直就像蕨菜田啊！"

理跑向那些蕨菜，摘了一棵。

"爷爷，这里是蕨菜田吧？"

"不，这里是茅草地。这种地方已经越来越少了。"

以前村子里房屋的屋顶大都是茅草铺成的。茅草屋顶用的材料有芒草、丝茅、薹草，不过最常用的是芒草。所以，村民们常常会在山林里养一块以芒草为主的茅草地。茅草地一般不属于个人所有，而是好几户人家或是村落共同管理。茅草屋顶非常耐用，能使用三十年到五十年。更换屋顶时非常麻烦，需要几个人甚至十几个人帮忙。也是出于这个原因，茅草地一直是由大家共同管理维护。玄爷爷说了上述这番话。

"我常常听说稻草葺的屋顶，它和茅草葺的屋顶有什么不一样吗？"

"葺房顶的方法是一样的，不同的只是材料。稻草屋顶用的是稻草和麦秆，这些材料很容易就能找到，不过

稻草秆只能用三到五年，麦秆最多也就用十年。所以相比之下还是茅草屋顶好。用芒草和稻草等植物葺成的屋顶叫草顶，草顶屋子冬暖夏凉，住起来很舒服。"

"村子里的草顶房屋也越来越少啦，现在的房顶都铺上白铁皮了。"理有些不甘心地说道。

"那是因为葺草顶又费人手又费钱啊。这片茅草地也是，要想把这片地养好，每年都要来打理。现在人口越来越少，人手不够啦。"

玄爷爷感慨道。从二十世纪六十年代起，草顶房屋就开始减少，等到了如今的二十世纪末，草顶房屋已经

变得屈指可数了。

据说以前这片茅草地要大得多。可是，后来人们不需要收割芒草了，于是这里就成了一片生长着枹栎、栗子树、乌饭树的杂树林。只不过因为还有几户茅草葺顶的人家，说不定什么时候还会需要这些芒草，所以就留下了大约一反（约九百九十二平方米）的茅草地。只是因为疏于管理，芒草之间长出了其他的野草和小树。

不到两米远的草丛里突然蹦出了一只灰褐色的动物。理吓了一跳，往后退了两三步。

"这是什么动物？吓死我了。"

"是野兔。现在正是它们产崽的时期，说不定它的宝宝就在附近。"

玄爷爷笑眯眯地看了看四周。

"以前，到处都能看见野兔。可现在，数量一下子减少了许多。这种草原要是再多一些就好了。"

"没错，爷爷。这里还有许多覆盆子呢。"

芒草丛里，散布着一丛丛的覆盆子，绽放着小小的白色花朵。等到了六七月份，就会结出许多美味的黄色浆果了。

理弯下腰，啪啪啪地采摘着蕨菜。这里的蕨菜又粗又水灵，比山脚下那些细细的蕨菜好多了，而且多得摘不完。

"哇！太好了！好大的虎杖！"

理大叫着跑了过去，那里生长着好几棵粗大的虎杖。好吃的虎杖必须长着大约三十厘米长的嫩茎，而且必须是比拇指还要粗的茎。这种嫩嫩的虎杖采摘时会发出清脆的"砰"的声音。把皮去掉用盐渍一下，吃起来味道有点酸，但是很美味。"姐姐最喜欢吃这个了。"理的脑海里浮现出小梢姐姐开心的笑脸，他一口气摘了五根虎杖。

"爷爷，你看！"理站起来想把虎杖拿给爷爷看，这时他看到对面的芒草丛后面有一个黑色的影子在晃动。"那个绝不是野兔，是什么东西呢？"理蹑手蹑脚地朝那个黑色物体走过去。

"啊!"理忍不住喊了一声。趴在地上的黑色物体,是一只黑熊幼崽。

"爷爷,这里有一只小熊!"理刚喊完,就后悔了。一瞬间,他担心小熊会不会受到惊吓跑掉,不过小熊一动也没动。

"理,快到这边来。快点儿!"

他本以为玄爷爷会飞奔过来,可是爷爷却板着脸瞪着他,挥手让他赶快过去。理不明白发生了什么事,赶紧跑到玄爷爷身边。

"真的有小熊?"

"千真万确。不过,它好像很虚弱。"

"如果真是小熊的话,熊妈妈肯定就在附近。熊一般不会攻击人,可是有小熊的母熊就不一样了,我们还是小心点儿好。如果母熊觉得小熊有危险,可能会为了保护小熊而攻击人。咱们还是再观察一会儿吧。"

玄爷爷用犀利的目光仔细观察着四周的情况。理能感觉到爷爷在全神贯注地聆听周围的声音,绷紧了全身的神经,不放过任何微弱的声音。玄爷爷以前是黑熊猎人,看着爷爷此时充满野性的风姿,理觉得见到了自己从未见过的爷爷的另一面。

"好像不在附近。不过还是得小心。"

"可是,熊妈妈会不会悄悄躲在哪里了,说不定会突然跳出来。"

理紧张得心脏扑通扑通直跳。

"不会的。一旦发现人类,母熊会立刻跑到小熊身边,抱起孩子逃跑。咱们去看看小熊到底怎么了。"

祖孙二人悄悄靠近小熊,小熊并没有要逃走的意思,而是蜷缩在原地,蠕动了几下身体。

"真可怜,他的手被抓兔子的陷阱夹住了。"

"啊!真的!草地上也都是血。不要紧吧?"

"应该是两三天以前被夹住的。看样子已经很虚弱了。估计也就三个月大。"

玄爷爷看了小熊一会儿,突然果断地说道:

"走,回家。咱们得快点儿了。"

"为什么?小熊多可怜啊!不管他的话,他会死的!"

理特别惊讶,大叫起来。理很生气——玄爷爷竟然对这么可怜的小熊见死不救,太过分了。而且他也不明白为什么爷爷这么着急回家。

理心有不甘地看着小熊。小熊仿佛听懂了他们的对话,用哀求的眼神看着理。

"爷爷,你把夹住他爪子的铁丝松开吧!要是把小熊放回山里,说不定他会见到妈妈,会活下来。快点儿放了他吧!"

理还是不死心,央求道。

"不，就算把夹子松开，他恐怕也活不了了。他已经连吃食儿的力气都没了。再说我也没带钳子，要想解开铁丝扭成的结得花不少工夫。咱们在这儿捣鼓半天，母熊随时都可能出现，到时候母熊为了保护孩子肯定会袭击咱们的。必须尽快离开这里。这只小熊的确很可怜，可是咱们只能放弃他，没办法。快，走了。"

玄爷爷说完，开始迈步往回走。

"不！！"

理大吼一声，连自己都吓了一跳。

"我来养他。我来养活他！"

隔着十几步的距离，理和玄爷爷对峙起来。要是爷爷不同意，他就带着小熊回家，这个强烈的念头在理的心里喷涌而出。奄奄一息的小熊抬起头来，用悲哀的眼神看了看理，那目光分明是在向理求救。对小熊见死不救的事，他绝对做不到。

祖孙二人仿佛在进行一场认真的对决，面对面杵在原地。理知道自己的心脏在狂跳，脸在抽搐。他使劲咬着嘴唇，狠狠瞪着玄爷爷。

"好吧。"

玄爷爷干脆利落地答应了，打破了两个人之间冰冷的气氛，他快步走向小熊，然后取出柴刀，高高举起。"啊！小熊要被杀死了！不要啊！"理刚想大喊，柴刀已经劈了下来。柴刀砍在了兔子夹的铁丝上，铁丝一下断开了，小熊自由了。

玄爷爷拿下肩上的背篓，从里面取出一张卷草图案的蓝色大包袱皮，蒙在了小熊身上。然后他十分利落地把小熊包裹起来，迅速放进了背篓里。

"快，咱们赶快走。"玄爷爷用强硬的语气小声说道。他朝理使了个眼色，就快步奔跑起来。

连打招呼的时间都没有。理看着玄爷爷用包袱皮裹起小熊的手法，简直就像是变魔术一般。他被弄得一头雾水，拼命跟在爷爷身后猛跑。

穿过阴暗的杉树林以后，玄爷爷不再跑了，开始变成了快步走。

紧跟在后面的理上气不接下气地问道：

"我可以养他吗，爷爷？"

"嗯。总之咱们得赶快回家。要是被母熊发现就糟了。"

"好的。"说完，理终于明白爷爷为什么这么慌张了。

玄爷爷举起柴刀时，理吓了一跳。他还以为爷爷要杀死小熊。套兔子的铁夹子是绑在树上的。如果扭开铁丝结，铁夹子的确能解下来，可是太费时间了。母熊说不定什么时候就会出现，必须尽快离开这里。用柴刀砍断铁丝后，小熊就自由了。这个想法看起来很简单，可要是自己的话肯定会在那儿绞尽脑汁地琢磨怎么解开铁丝扣。还是爷爷厉害，理心里十分佩服。

最幸运的是，小熊自始至终都没出声。他如果大声呼唤母熊，那后果就不得而知了。后来，理曾经问过玄爷爷这件事，结果他说："这是赌博啊！"如果小熊大叫起来，那就顾不上拯救小熊了。只能把小熊放出来，然后用最快的速度逃离现场。

背篓里的小熊有时会轻轻发出"咕——"的可爱叫声，一定是离开妈妈后他觉得寂寞了。好想紧紧抱住他，理在心中暗暗地想。

装小熊的背篓由爷爷背着，装满蕨菜的背篓则放在理的自行车上，祖孙二人向着四公里之外的家出发了。

听说抓了只小熊回来，全家人都跑出来看了。

从背篓里取出的小熊无精打采地躺在地上。

"他一定是饿了。先给他喝点儿牛奶吧！"父亲悠二说。

"爸爸，他没事吧？能好起来吗？"

理担心地望着躺在地上奄奄一息的小熊。

妈妈赶紧拿来了牛奶。她把倒在盘子里的牛奶端到小熊嘴边，可是小熊只是淡淡地瞥了一眼，仍然打不起精神来。

理有些着急了，他伸出手，想抱起小熊喂他喝奶。

"等等，理。再怎么虚弱，他也是一头熊。被他咬了可就糟了。还是让爸爸来吧。"

爸爸戴上皮手套，抱起小熊，把他的嘴对准了盘子里的牛奶。小熊一开始很不情愿，反复几次之后，他开始伸出舌头舔了起来。

"哇！成功了！"理和姐姐小梢拍手欢呼起来。

"嗯，他还是有食欲的，看来还有救。有奶瓶吗？惠子，找个奶瓶来。估计让他直接从盘子里喝牛奶有点困难。"

"理小时候用过的已经没了。对了，永田家刚生了孩子，我去要一个。"

妈妈急忙去永田家了。

悠二用床单包住小熊，抱在怀里，用奶瓶给他喂起奶来。小熊一开始把头扭到一边，不愿意碰奶嘴，不一会儿，他叼住了奶嘴，咕咚咕咚喝起了牛奶。一直守在一旁，紧张得连话都不敢讲的理终于放心了，长长舒了口气。

"爸爸，让我也试试。"

"不行，绝对不行。太危险了！"

惠子立刻叫了起来。

"没事。你看，他多老实。"

悠二微笑着将目光投向小熊。

"熊可是猛兽啊。现在他身体虚弱，所以老实。要是恢复了精神，就不知道会做出什么事来了。理，绝对不能碰他。"

看着吃奶的小熊那舒服满足的神情，理怎么也想象不出他会反抗。"我要把他养大。"理的心中突然涌起这个强烈的念头，他终于沉不住气了。

"爷爷，我可以抱抱他吗？我想把他养大。"

玄爷爷在几年前还是村子里有名的打熊猎人。自从右腿得了关节炎，他就不再打猎了，不过对于熊他十分了解。理看着玄爷爷，仿佛在向他求助。

"嗯，你妈妈的担心也不无道理。不过呢，小熊很亲人，而且几乎不咬人。看现在这个情形，理抱抱他应该没问题。可是毕竟他突然被带到了人类的世界，情绪可能比较兴奋。我看今天就谨慎一点儿，先不抱了，明天看看情况再说。明天开始理可以给他喂食。这样小熊也会喜欢上理，你们就能做好朋友了。"

"谢谢爷爷！小熊喜欢吃什么？"

理觉得爷爷说的话非常有道理，决定按照爷爷的建议做。

"虽然他还没断奶，不过已经能吃不少山里的食物了。熊的奶水比牛奶要浓很多，所以只喂他牛奶恐怕不够啊。熊喜欢吃蜂蜜，也有营养，往牛奶里加点儿蜂蜜吧。除了喂他蔬菜，还要给他吃白纹阴阳竹、蜂斗菜的嫩叶、枹栎和大叶栎的嫩叶……小熊的食物得从山里采来给他。"

"哇！好开心！从明天开始我就是小熊的朋友了！姐

姐,你也和我一起养它吧!"

"嗯!我和你一起!"

姐姐小梢也非常赞成,开心地说道。

"等一下!我还没同意喂养这只小熊呢。"

一个落寞的声音响起,让原本融洽的气氛一下紧张起来。惠子反对饲养小熊。

理和小梢虽然都说要养,可他们还得上学。孩子们上学的时候,就只能由惠子来照顾小熊了。惠子可承担不起这个责任。要是养只猫或狗倒还可以,可熊是猛兽,她可不想面对这么可怕的动物。妈妈说得没错,理和小梢都不说话了。

"我来照顾他。很久很久以前,那个时候悠二才三岁,咱们家就养过一只小熊。那只熊和咱们都很亲近,还和悠二摔过跤呢。悠二啊,你还记得吗?"一直默不作声的良奶奶笑眯眯地开口了。

这一席话缓和了紧张的气氛,理大喊一声:"奶奶!谢谢您!"说着扑到了奶奶怀里。

这一刻,事情貌似是有了解决的希望。可是惠子没有让步。小熊长大了怎么办?不管他多么亲人,也只有小的时候才能让人放心,等到成年以后,说不定什么时候野兽残暴的本性就爆发出来了,到那个时候就难办了。要是伤到了人怎么办?谁来负这个责任?如果到最后不得不把他击毙了,那一开始救活这只小熊又有什么意义呢？等他身体恢复了，把他带回山里去放生，才是最好的办法。

惠子的话十分在理。看着躺在面前的小熊，大家的思绪纷繁复杂。

"可是，如果把小熊放回山里，他不一定能活下来啊！不行。他肯定会死的！明知道他会死，还把他扔到山里，这种残忍的事情我绝对做不来。"

理瞪着惠子说道。他原来以为妈妈是个善良的人，看来她其实是个没同情心的人。理似乎看见了母亲陌生的另一面，心里难受得很。

"那可说不准。能不能活下来，是由这只小熊的命运决定的。说不定他能顺利和妈妈见面。正是因为爷爷和理偶然发现了他，这只小熊才捡回了一条命。如果你们没有偶然发现他，他可能已经死了。这样的偶然相遇给他带来了幸运，要趁这个机会让他活下去，让他在被抓到的地方凭借自己的力量重新出发，这才是最好的做法吧。"

理已经不知道该怎么办了，妈妈说的话句句在理。可是，如果把小熊放回山里，他能不能活下来还不一定，更大的可能是死掉。不行，还是得自己来养他。这个想法和"妈妈的意见正确"的想法交织在一起，将他的脑子搅成了一团乱麻。

忽然，"偶然"这个词闪过他的脑海，仿佛在混沌的黑暗中射进了一道光芒。对小熊来说，碰巧去茅草地采摘蕨菜的理发现了他，这样的"偶然"救了他的命。该怎么处理这个偶然带来的幸运，则掌握在现在这些人的手里。妈妈坚持要将小熊送回原处，这等于再次让小熊背负起"偶然"的命运。

思考到这里以后，理就想不下去了，他急得用拳头咣咣砸脑袋。想这些麻烦道理干吗？只要他们允许自己养小熊，不就一起都解决了吗？

他又有了一个完全不同的想法。

"妈妈，你好狡猾！"虽然妈妈说了一大堆道理，可是她的真实想法是反对理养熊。虽然奶奶表了态，可妈妈害怕最后照顾小熊的事还是会落到自己头上，所以在逃脱责任。说什么让小熊自己开拓命运，说得好像挺好听，可实际上不就是不管小熊的死活吗？这么一想，理突然特别生气。

"妈妈，不管怎样，我都要养。把小熊放回山里肯定是死路一条！"

理的态度十分坚决。

"孩子他爸，你说怎么办？"

惠子一脸为难，只能向悠二求助。

"是呀，你妈妈说得很有道理。把野生动物放归野生环境是一个正确的想法。不过，理想要帮助小熊的强烈愿望也是很珍贵的。奶奶也说会帮忙了，不如先养一段时间看看？不管是哪种方法，肯定不能马上就把小熊送回去。必须等到他能自己吃东西了，身体完全恢复了才行。今后，如果理觉得养起来真麻烦，哪怕有一点点这样的想法，那咱们就立刻把他放回山里去。完全取决于理的爱心能持续到什么时候。"

就这样，小熊成了高浪家的一员。

小熊的名字叫帕丁。理和小梢特别喜欢童话《小熊帕丁顿》，所以给他起了这个名字。帕丁顿是英国的地铁站名。布朗夫妇在车站发现了一只小熊，便把他带回家养，并给他取名帕丁顿。要是按照这个思路，由于这只小熊是在茅草地发现的，就应该取名"茅草"，不过"茅草"这个名字太不适合做一只小熊的名字了。于是姐弟俩就借用了帕丁顿的名字，取名为帕丁。

可怜的帕丁的左手腕上扎进了铁丝。高浪家请来兽医，把铁丝取了出来，可是伤口太深了，已经伤到了骨头，有点化脓了。兽医说："没办法，只能截肢了。"于是，医生把帕丁的左臂麻醉以后切下了左手，缝合了伤口。帕丁成了一只没有左手的小熊。

理和小梢每天尽心尽力地看护他，给他喂食。两人不在的时候，良奶奶也会很认真地照顾帕丁。

曾经有一阵，他虚弱到了极点，大家甚至不确定能不能挺过来。不过在理和家人的用心努力下，帕丁终于恢复了健康。就连反对养他的妈妈,也开始笑眯眯地注视着理和帕丁摔跤玩耍了。帕丁完全成了高浪家的一分子。

三道眉草鹀

帕丁,回归山里

帕丁三岁了,体重也长到了六十公斤,几乎达到了一个成年人的重量。

在他小时候,理常常把他带到山里,解开锁链,给他自由,感觉就像是和小狗玩耍。可是,长到现在这么大,就不太好控制了。首先,帕丁现在力气大得惊人。就算拴着锁链还被他拽着往前走,理的力量已经无法控制他了。而且他的力气究竟有多大,是无法估计的。理没有信心再像他小时候那样把他带到山里散步,只能一直用锁链拴着他。

和凶悍的外表不同,帕丁特别亲人,在高浪家的人们面前十分温顺听话。可是,有一天,发生了一件事,让人们看到了他隐藏在温顺背后的可怕野性。

放暑假了,京都的表弟正吾过来玩耍。他比理小一岁,上小学四年级,是个活泼的孩子。正吾很喜欢动物,和理非常要好。他还带来了他的爱犬,一只叫乔尼的威尔士柯基犬。

正吾看到理和帕丁关系那么好,羡慕得不得了,于是也想和帕丁做朋友,就过去抚摸帕丁,还给他喂食。

帕丁很快就接受了正吾,甚至允许他骑在自己背上。动物能够凭直觉看透人的内心,帕丁也是如此。正吾喜欢动物,很想和帕丁交朋友,帕丁能够感觉到这种心情。对于没必要警惕的人,帕丁的容忍度是很大的。

可是,问题是乔尼。乔尼无法忍受正吾和帕丁的关系变得亲密。只要正吾抚摸帕丁,乔尼就吃醋了,不停地吼叫。这时正吾就训斥他:"吵死了,不许叫!"然后乔尼就暂时安静下来,可是过了一会儿,乔尼又会围着他们跑来跑去,大声吼叫着捣乱。

当正吾一边喊着"我是金太郎!",一边爬上帕丁的后背时,乔尼的妒火燃烧到了最旺。他低吼着靠近帕丁,冲着帕丁狂吠起来。

平日里，帕丁早就对乔尼的态度心存不满了，现在这个不知天高地厚的家伙竟然跑到自己跟前来大吼大叫，帕丁狠狠给了他一记上勾拳。

乔尼被打飞了出去，它在地上趴了一会儿，又猛地站起来，冲着帕丁狂吠起来。不过，他已经亲身领略了帕丁的强大与可怕，所以灰溜溜地夹起了尾巴。但他也知道这只可恶的黑熊被锁链拴着，追不过来，所以才敢尖叫着吵闹个不停。正吾实在没办法，只好从帕丁身上爬下来，把乔尼带到外面去了。

过了一周，正吾的母亲带着正吾的弟弟——上小学三年级的钦吾来接正吾了。正吾在电话里说过他和小熊帕丁成了好朋友，所以他们给帕丁也带了礼物，拿来了帕丁爱吃的肉骨头。

正吾为了证明给弟弟看自己和帕丁的关系很好，就把钦吾带到了帕丁面前。他得意扬扬地骑到帕丁身上，把砍柴用的斧子扛在肩上，学着金太郎那样挥了挥手。

"可好玩儿了，钦吾你也来骑吧！"

正吾对抱着乔尼的钦吾说。

"我害怕，才不要。"

钦吾第一次看见这么大的黑熊，当然会害怕。

"孩子们玩儿得真开心！很高兴他们能做好朋友。"

钦吾的母亲敏子和惠子一起走出了屋子。

"理，敏子阿姨给帕丁带了他最爱吃的肉骨头，你喂他吃吧！"

理接过惠子递过来的肉块，对正吾说：

"阿正，我要给帕丁喂肉了，你先下来吧！"

"我不下来了。你喂吧！我可是金太郎！"

正吾有些得意忘形了，他在黑熊背上晃动身体，向母亲和钦吾炫耀。

帕丁并没有被正吾任性的举动惹怒，反而非常配合他。看样子就这样给帕丁喂食应该不会有问题，理心想。于是他把肉块放在了帕丁面前。帕丁用右手抓住肉，高兴地啃了起来。

这时，被钦吾抱在怀里的乔尼从他的臂弯里滑了下来，跑到帕丁面前想要和帕丁抢肉吃。

"迅雷不及掩耳之势"，说的就是这一刻吧！帕丁突然用右手抓住乔尼，一口咬住了乔尼的脖子。他早已对这只动不动就乱叫的狗憋了一肚子火儿，现在这只狗竟然放肆到跑过来抢自己最爱吃的肉骨头！不可饶恕！在内心喷涌出来的野性的愤怒的驱使下，帕丁用尖利的獠牙咬住了乔尼的脖子。

"吱——！"乔尼发出一声惨叫，紧接着，钦吾扑到乔尼身边。理还没来得及过去帮他，帕丁就当着两位吓呆的母亲的面，用左臂推开了钦吾。钦吾向前倒去，摔翻在地。

帕丁突如其来的激烈动作让坐在他背上的正吾剧烈晃动起来。"啊！"正吾大叫一声，摔在了地上。

理不顾一切地冲了过去，把倒在地上的钦吾扶起来，然后抓住锁链使劲往后拽。可是，帕丁纹丝不动。

理突然用双手抱住了帕丁的脖子。"帕丁，快住手！求你了！放开乔尼吧！他抢你的肉是不对，可是也不能杀死他啊！帕丁！快住手！"

理的眼睛湿润了，大颗大颗的泪珠在眼里打转。

帕丁终于松开了嘴，放开了乔尼。他甩开理，向后退去，蜷缩在系锁链的樱花树下。乔尼的鲜血从他的嘴里滴落出来。

钦吾抱着敏子抽泣着。"小钦，没事吧？"敏子这么一问，钦吾用左手按住右手，好像很疼的样子，脸色苍白地看着敏子。

幸亏帕丁是用没了爪子的左胳膊推开了钦吾。要是用了完好的右手，尖利的爪子很有可能会把钦吾的胳膊撕裂。

正吾的腰狠狠摔了一下，不过还好没事。所幸两个表兄弟没出什么大事，但帕丁的问题就大了。为什么会变成这样？理完全想不明白。帕丁明明和人那么亲，那么受欢迎，怎么会做出这么凶残的事情呢？简直无法想象。理彻底蔫儿了，无比沮丧。

敏子姨妈和两个表弟匆匆忙忙地回家了。

表弟们没有受伤，这是万幸。而且帕丁没有任由愤怒爆发，痛打钦吾一顿，而是控制着力道，这也算万幸。可是，快乐的暑假拜访就因为这件事不欢而散了。正吾本来很高兴，能和帕丁成为那么好的朋友，可是他太得意忘形了。现在发牢骚也没用了。不能否认，乔尼要抢夺肉骨头是引发帕丁怒火的导火索，可是帕丁竟然杀死了乔尼！平时那个可爱乖巧的帕丁踪影全无，食肉动物的本能暴露了出来，那可怕残酷的样子让理毛骨悚然。

　　在镇上办完事回来的悠二听说了今天的事情以后，嘟囔了一句："这下不好办了……"然后沉下了脸。

　　高浪家马上召开了家庭会议。

　　这个打击让所有人陷入了混乱，大家都很少说话。

　　"事已至此，不能再把他养在这里了。"

　　悠二突然冒出一句。

　　所有人都沉默了。悠二挨个儿看着他们的脸，仿佛在催促他们同意。玄爷爷和良奶奶也默默地点了点头。"没办法。"惠子说。"好伤心……"小梢低下了头。

　　理没有说话。他的心脏怦怦直跳，嘴唇颤抖着，像是要说什么话。

　　"理，你是怎么想的？"

　　"你们说的虽然有道理，可是把他放回山里也太……帕丁已经像亲人一样了。"

"大家也想像以前一样养着他啊。帕丁毕竟是理的好朋友。可是，理，帕丁已经不是小熊了。他的力气太大了，如果又发生今天这种事情可就糟了。如果真要养，就必须把他关进结实的铁笼子里。那样也可以吗？"

理顿时语塞了。那样帕丁就和动物园里的黑熊一样了。不过，他可以进到笼子里和帕丁玩儿，还可以时不时地把它带到山里玩耍。可是，理一直有一个地方不明白。

"有一点我想不明白，帕丁平时那么老实，为什么会突然咬死狗呢？我觉得他不会再做这种事了。"

"这个嘛，是因为帕丁想要个伴儿了。五月中旬到七月，是成年黑熊的恋爱季节，他们想要找老婆了，所以心情急躁。帕丁也三岁了，按照人类的岁数来说，正是血气方刚的小伙子。一到这个时候，在山里，雄性为了争夺雌性经常会打架。帕丁也一样，变得容易暴躁，时刻准备着和竞争对手战斗。所以，当他看见狗来争抢食物时，战斗的欲望就爆发了。"

玄爷爷给理做了一番讲解，然后点了一支烟，缓缓吐出烟圈。

"原来是这样。帕丁想要女朋友了。"理终于弄明白了帕丁为什么那么焦躁。

"得把他送回山里。今后他会越长越大。每年到了这个时候，他都会性格暴躁。"

玄爷爷自言自语道。悠二表示赞同。

"虽然乔尼很可怜，可是对帕丁来说那是本能命令他那么做的，所以不是善恶的问题。这是必然发生的，是顺其自然的结果。这也意味着帕丁已经长成了一个热血青年。就算咱们再怎么疼爱他，把他留在这里，也没有办法给他娶媳妇啊。下个星期六就把他放回山里吧。熊有熊的世界。在自己的世界里努力生活是最幸福的事情。理，你觉得呢？"

"嗯。"理小声答应着，点了点头。

星期六到了，这是帕丁返回山里的日子。理没怎么睡好。每次他刚要睡着的时候就会做一个奇怪的梦，然后醒来。

天刚亮，理就走出屋子，来找帕丁了。帕丁看见理这么早出现在他面前，有些吃惊，不过还是很开心地凑了过来。理给帕丁带来了他最爱吃的饼干。

理搂着帕丁的脖子，紧紧抱着他。帕丁乖乖地坐在地上，嘴巴一动一动的，仿佛在回味嘴里的饼干。

一想到今天就要和帕丁告别了，理觉得心口热热的。

"再见了，帕丁。"

理抚摸着他的头和他道别，挠了挠他的脖子。帕丁什么也不知道，他舒服地闭上了眼睛。

"别忘了我。在山里好好生活。不过，你的左手没了，要是和山里的熊打起来了肯定会吃亏。加油啊！不

能输给他们!"

理说完,突然搂住了帕丁,做出要摔跤的姿势。帕丁小声"呜"了一声,站了起来,把理拉到胸前。

好久没这么做了。帕丁小的时候,他们常常一起玩摔跤。"我可是坂田金时!"理经常大喊着和帕丁扭成一团,乐在其中。可是,随着帕丁越长越大,他们的力量相差得越来越悬殊,理无论怎么用力都起不了作用,所以渐渐地他们就不再摔跤了。

现在和帕丁抱在一起,理又一次吓了一跳。帕丁的体格比他想象的要结实很多,手臂又粗又壮,毛发特别厚实。如果帕丁动了真格,手臂一使劲,恐怕理的身体要被捏碎了。

理使劲推了一下帕丁的胸口,感觉就像抱着一棵大橡树,帕丁的身体纹丝不动。

理使出了自己最擅长的摔跤技能——用右脚从外侧绊住对方的左脚,想把帕丁绊倒,可是帕丁突然抓住他的双肩,把他摔翻在地了。帕丁的力气太大了。理深深地感到——帕丁已经不再是小孩了。

"理,早上好啊!"

良奶奶从后门走了出来。

"是告别的摔跤吗?就算把他放回山里,也还是有机会和他再见面的。小时候培养出来的情谊,无论长到多大都不会中断,说不定什么时候就重逢了。人生是个神奇的东西。红小豆饭做好了,咱们得给帕丁饯行呢。来吧,进屋吃早饭。"

三道眉草鹀停在梅树上,"唧唧唧"地啼叫着。理经过梅树时,两只三道眉草鹀扑棱棱飞走了。这两颗茶褐色的小石子飞过天空,就像有匕首在蓝色的油画布上划了一道口子,然后消失在对面的森林里。

"能在天空自由飞翔,真好啊!"理的目光追随着三道眉草鹀的身影,十分羡慕。帕丁今后将在森林中自由地生活下去。他即将从锁链束缚的生活中解放出来,会在森林里交到许多新朋友:兔子、鹿、三道眉草鹀、松鸦……如果能找到个好老婆,帕丁也会很幸福。分别虽然很悲伤,但对帕丁来说却是人生的新起点,高高兴兴地把他送回山里吧。理目光炯炯地走进了屋。

这天一大早,兽医片仓先生就赶过来了。悠二和片仓先生商量怎么把帕丁放回山里,他们想了很多办法,最后决定把帕丁麻醉以后放到远处的山里。

当然,最好的办法是在帕丁清醒的状态下放生,不过,在那种情况下他能否果断地回到山里就不好说了。恐怕不会那么顺利,他很有可能会一直跟着悠二,不肯离去。还有一个办法,那就是不让帕丁熟悉的高浪家的人跟着,完全委托给片仓先生。可是帕丁已经完全习惯在人类社会生活了,如果他看见片仓先生要走,很有可能会突然不安起来,怎么也不肯离去。

考虑来考虑去，还是觉得轻微麻醉以后放生这个方法最妥当。等帕丁醒过来了，发现自己在山里，一定会惊讶。不过，用不了多久，他的野性就会苏醒，会适应山中的生活。

片仓先生正在为注射麻醉药做准备，这时，理有些担心地说道：

"叔叔，请你少放点儿麻醉药。要是帕丁晚上睡得太死，貂和狐狸会以为他死了，搞不好会吃了他。"

"哈哈哈，不用担心。我会调整药量，保证他在傍晚之前就醒来。现在的药不像以前了，质量很好，醒来后也不会犯困，身体很快就会恢复。不过，帕丁会老老实实让我打麻药吗？理，这个就要拜托你了！"

"没问题，我会紧紧抱住他。只是疼一下，对吧？"

理一边和帕丁说话，一边紧紧抱住了他。

片仓先生拿着针管，绕到帕丁身后，悄悄把酒精棉递给了理。

理把手伸到帕丁身后，迅速扒开厚密的硬毛，用酒精棉擦了几下，给皮肤消了毒。

就在理把手拿开的瞬间，片仓先生把针管插进了帕丁的屁股。

帕丁哆嗦了一下。与此同时，片仓先生向后退去。眨眼的工夫，麻醉药就打进了帕丁的屁股。医生麻利的手法简直就是绝活，理钦佩不已。

熟睡过去的帕丁被装上了片仓先生的皮卡，理和爸爸悠二也上了车，片仓先生是司机。玄爷爷、良奶奶，还有妈妈惠子和姐姐小梢静静地目送他们远去。帕丁和他们共同生活了三年，早已成了亲人，现在他离开了，大家的心情异常沉重。

玄爷爷像是自言自语似的说道：

"今天是帕丁野外放生的日子。分别虽然很难过，不过这是个值得庆贺的日子啊。"

"没错。大家一起来祈祷吧，祈祷帕丁在山里健健康康地生活下去！"

小梢的声音颤抖了。

载有帕丁的车子发动了，悠二和理挥了挥手。送行的四个人也使劲挥着手，祈祷帕丁能幸福。良奶奶和惠子悄悄用手绢擦了擦眼角。

皮卡在山路上行驶着，已经走了足足三个小时了。

顺着狭窄的林间小道行驶了一个小时后，车子停下了。

"爸爸，这是哪里？"

"是丹波和若狭（福井县）的边境。这一带是黑熊的栖息地。深山里很少遇见人，所以很安全。"

"那帕丁能找到朋友和女朋友了。"

"应该吧。不过，这里冬天会下很大的雪，不知道他能不能度过这个冬天。"

"对了，熊是要冬眠的！帕丁从来没练习过冬眠，不知道他会不会呢？"

理开始站在帕丁的立场上思考了。寒冷的冬天即将来临。雪越下越大，没有食物，该怎样冬眠呢？理想到此不禁打了个冷战。

"爸爸，帕丁没问题吧？"

"回归野生环境后，生存的本能会渐渐觉醒。他出生的时候就是在冬眠的洞穴里，小时候的记忆说不定会浮现出来。而且帕丁是只聪明的黑熊，完全具备生存的能力，一定没问题。"

"那里应该可以。"片仓先生指着路边一棵高大的山杨树说道。

"嗯，真够重的，得有六十二公斤啊！"三人把帕丁抬到担架上搬了过去。

帕丁被放在山杨树下。理在他身边放了一个装着食物的保鲜箱，以便他醒来能有吃的。保鲜箱是个大塑料盒子，盖子用别扣扣上了。如果不盖好盖子，食物恐怕会被山里的动物们吃掉。开箱子的方法早就教给帕丁了。箱子里放着良奶奶满怀爱心做出来的红小豆饭，帕丁爱吃的香蕉、猕猴桃、黄瓜、西红柿、炸土豆饼、涂了厚厚蜂蜜的面包、奶酪等等，还有罐装果汁。帕丁能打开罐子喝果汁，而且不会把果汁洒出来。

片仓先生给帕丁注射了能让他从麻药里苏醒过来的药。"麻药本来就用得少，应该过一两个小时他就能醒过来了，意识也会清醒过来。咱们快回去吧。"片仓先生坐进了车里。

　　"再见了，帕丁！你要保重啊！我们一定会再见面的。"

　　车子发动了，理从车窗朝着山杨树挥了挥手。

　　森林被染成了墨绿色，天香百合硕大洁白的花朵在这块墨绿色的画布上显得格外耀眼，蓝凤蝶围着花朵翩翩起舞。

　　看着这幅情景，理突然觉得轻松了很多。

　　"帕丁，你一定要在山里勇敢地生活下去啊！"

　　理在心里大声喊道。

日本大百合

独自生存的智慧

这是什么气味?帕丁动了动鼻子,是自己从未闻过的气味。

那气味在一片朦胧的脑海中弥漫开来,唤醒了过去的记忆。

理的家里种着高大的朴树和栗子树。到了秋天,地上会有许多落叶。帕丁和理会把落叶堆成山,在落叶里嬉戏玩耍。现在的气味和当时的味道很像,不过有点刺鼻,有点馊。这是落叶腐烂以后的味道吗?他迷迷糊糊地想。

嗡嗡嗡，是蜜蜂在飞。蜂蜜的香甜味道掺杂在那股馊味里。

"啊！真想吃蜂蜜啊！"

帕丁微微睁开眼，看见了一座绿色的顶棚。他的眼珠上像是蒙上了一层琼脂薄膜，只能隐约看见那绿色的顶棚在缓缓摇晃，发出惬意的沙沙声。

从麻醉中渐渐醒来的过程仿佛做梦一般，随着意识逐渐清醒，周围的一切都清晰起来。那座绿色的顶棚是顶端尖尖的椭圆形叶片重叠而成的，那些叶子像波浪一样起伏着，发出沙沙的响声。

透过层层叠叠的树叶，能看见清澈透蓝的天空，盛夏的太阳发出耀眼的光芒。"这是哪里？"这里不是理的家。那里没有长着这种叶子的树。"该，该，该！"传来一阵刺耳的嘶哑叫声。他从没听过这种声音。对了，之前理带他来山里时，听过这种鸟的叫声。

帕丁突然不安起来，这里是山里的某个地方吗？

帕丁像是遭到了当头棒喝，猛地跳了起来。

平时像弹簧般敏捷的身体现在却变迟钝了。他慢慢起身，坐在地上环顾四周。

他感觉自己还在梦境中。帕丁背靠山杨树坐着，高大的山杨树长满了茂密的椭圆形叶子。风吹过来，叶子摇晃着发出轻轻的沙沙声，仿佛在演奏一首轻柔的乐曲。

独自生存的智慧

这里是山里的一处缓坡，山杨树四周的地势很平坦，阳光照到的地方长着青草。在他身旁，放着一个熟悉的蓝色保鲜箱。他和理一家到山里游玩时，就是用这个箱子装便当和巧克力的。看见箱子的瞬间，他的心情放松下来了。保险箱旁边有一只松鸦，正用嘲笑的眼神看着帕丁。帕丁站起来，挥了挥手，把松鸦赶走了。松鸦"嘎"地叫了一声，落在了矮树上。

帕丁在四周转悠起来。他突然觉得怪怪的。他有了一种和平时完全不同的感觉，一下愣住了——自己可以自由行走了！

帕丁用手摸了摸脖子，锁链和绳子都没有了！以前，无论去哪里脖子上都会拴着锁链，就算来山里玩，也会被绳子牢牢拴在树上，自己是无法自由行动的。可是现在，那根绳子不见了！

帕丁想确认一下，于是他突然跑了几步。要是在平常，脖子上的绳子会一下勒住脖子，顶多跑出去几米就会被拽住。可是现在不同了，哪怕在树木之间奔跑，在地上打滚儿，也没有任何东西来束缚他的行动了。帕丁想起了自己的孩提时代，开心得不得了，在树林里转悠了一会儿。

休息了一会儿，他觉得肚子饿了。"对了，有保鲜箱！"那里面一定装着好吃的。

打开保鲜箱，飘出来的香味几乎让帕丁眩晕了，里面放满了各种美味的食物。帕丁一屁股坐在保鲜箱前面，大口吃起了红小豆饭、香肠、香蕉、甜甜的糕点面包……他拼命地吃着，直到把肚子吃得胀鼓鼓的，又坐下来休息。

帕丁突然又不安起来。虽然肚子填饱了，可是心里却空荡荡的，有一种无法满足的空虚感。

他想起了以前和理一家到山里野餐，大家高兴地说啊笑啊，吃着美味的便当。他突然觉得独自吃便当是一件很奇怪的事。

箱子里有几板巧克力。帕丁随手拿了许多东西来吃，可是一直没碰巧克力。因为小梢曾经教育他："吃饭的时候不能吃巧克力，要把它当作饭后甜点。"他常常忍不住去拿巧克力，结果被小梢打手。

帕丁拿出巧克力放在地上，用没有手的左臂按住，再用右手的爪子撕破了巧克力的包装纸和银色锡纸。深褐色的牛奶巧克力！帕丁咽了口唾沫。

他咬了一口，巧克力那甜中微苦的独特味道在口中扩散开来。可是，这味道和以往不太一样了。平时他都会觉得很陶醉，不知为何今天却像吃了很苦的药，心情很焦躁。

帕丁反射性地看了看旁边。森林的树木延伸至山里最深处，一个人也没有。在田野上野餐，打开便当盒，吃甜点的时候小梢总会坐在他的右边，每吃一口巧克

力，她总会微笑着看着帕丁，说一句："真好吃，对吧，帕丁？"有时候，她会笑着大喊一声："好吃！"然后用手搂住帕丁的脖子。

山里的餐后甜点，还有和小梢的互动，对帕丁来说是一种割舍不断的羁绊。

独自享用豪华便当的喜悦突然消失了，帕丁尝到了孤零零一个的寂寞滋味。这里究竟是哪里？为什么只有自己一个？为什么高浪家的人都不在，只有一个装了许多食物的箱子放在这里？

帕丁的脑子混乱了，他觉得自己快疯了。他特别想念理和小梢。他想回家，这个念头扎得他心里阵阵刺痛。他的心里仿佛出现了一个洞，只有寂寞和空虚。帕丁简直想大声喊叫。

"嘎！"他听到了一声轻轻的尖叫。帕丁吓了一跳，看了看周围。

不知什么时候，他被五只松鸦包围了。其中一只嘴里衔着帕丁扔掉的菠萝皮，还有一只正在蹦蹦跳跳地朝保鲜箱走去。他们一定是被保鲜箱发出的香味吸引过来的。

"那可是我的宝贝。怎么能给你们！"帕丁心里涌起一股怒火。

帕丁突然朝那只跳到保鲜箱上的松鸦扑了过去，松鸦张开翅膀飞走了。帕丁又立刻向衔着菠萝皮的松鸦发

独自生存的智慧

起了攻击。

趁着这个空隙,又有两只松鸦落在了保鲜箱上。帕丁跑去赶他们,其中一只叼起一块火腿飞走了。

每当帕丁去追一只松鸦,其他的松鸦就会朝保鲜箱进攻。松鸦们的攻势十分顽强。帕丁愤怒了,他撕扯着青草,敲击大地,一边发出低吼声一边追赶松鸦。

一阵风吹来,山杨的树叶发出沙沙声,仿佛在给帕丁和松鸦的保鲜箱保卫战伴奏。

当一只松鸦叼起一块巧克力逃走时,帕丁的愤怒达到了顶点。帕丁不再追赶,他牢牢抱住保鲜箱,咆哮了一声:"咕哇!"——一个也不给!再敢靠近我就杀了你们!

怒火在帕丁胸中燃烧。孤身一个的孤独感和低落的情绪一下子烟消云散了,狂野的野性复苏了。

一只松鸦在吃香肠,还有一只在吃奶酪,另外三只则正在伺机靠近。

帕丁的心情突然明快起来了,他好像听到了理的声音。

帕丁盖上保鲜箱的盖子,啪地扣上别扣。为什么没有早点儿盖上盖子呢?他心想。愤怒冲昏了他的头脑,他只顾着去追赶偷便当的可恶松鸦了,竟然忘了盖上盖子这个保卫食物的简单方法。

扣紧盖子后,帕丁猛地跳了起来,一边吼叫一边向松鸦们发动了进攻。松鸦们迅速飞开了，落在树上，"嘎嘎"地叫着。

帕丁快步回到保鲜箱旁边，把箱子上的绳子挎在肩上，用两只后脚一晃一晃地走了起来。他以前经常看见理和小梢把保鲜箱挎在肩上搬运的样子，不知不觉就学会了。

山杨树叶沙沙作响，鸣鸣蝉和油蝉不知疲倦地叫着，帕丁肩上挎着装满了食物的蓝色保鲜箱，两条后腿迈着缓慢而有力的步伐，渐渐消失在森林深处。

八月食物稀少，对山里的动物们来说是个难熬的季节。孤身一个的帕丁吃光了保鲜箱里的食物后，几乎每天都要饿肚子。

树木和青草一片葱茏，食物似乎遍地都是。可是，树叶又硬又难吃，而且营养匮乏。山毛榉、大叶栎、枹栎等橡子类植物，还有土茯苓和紫葛这类藤类植物，许多树木和草都结出了果实。可是，这些果子都尚未成熟，味道涩涩的，没法吃。

帕丁饿得不行，随手抓了植物就往嘴里塞。他一直吃的是美味的人类食物，山里的食物对他来说难吃得没法入口。

帕丁发现了一种比长着宽阔叶子的橡子还要大好几倍的青色果实。他是第一次见这么大的果子，看起来好像很好吃。帕丁高兴得不行,将果实赶紧摘下来塞进嘴里,嘎巴嘎巴啃了起来。

突然,他皱起了眉头,大张着嘴,拼命地摇头。太涩了!他的嘴快扭曲变形了——是野柿。这种水果是集天下涩味于一身,根本不能吃,不过帕丁不懂得这些。

帕丁吐出野柿绿色的果实,又连着吐了好几次唾沫。可是涩味一直停留在舌头上和嘴里,挥之不去。帕丁把手指插进嘴巴里,使劲抠舌头和牙床。

没有叶子的棒状茎上,开着几朵圆筒形的长长的花朵。花朵很大,想必会有许多甘甜的花蜜,帕丁心想。他摘下一朵日本大百合的花朵,吃了下去。花瓣有点儿甜,花朵和茎相连的地方有许多花蜜。这个不错!帕丁一口气摘了四五朵百合花,大口吞了下去。

斜坡坍塌了,形成了一个一米高的小悬崖。悬崖边上生长着六株盛开的日本大百合。帕丁站起身来,抓住花茎使劲一拽,土块哗啦啦滚落下来,百合被连根拔起了。

百合的根部长着直径四五厘米的黄白色小球,看起来好像能吃。

帕丁闻了闻球根,用爪子碰了碰它。球根上的鳞片掉了下来。帕丁试着把球根塞进嘴里尝了一口,顿时就惊呆了。这是他第一次在山里吃到这么好吃的东西。

接下来,帕丁开始到处搜寻日本大百合的球根。熊爪又大又锋利,所以挖土并不是难事。后来,他发现许多百合都有球根，像是花朵特别大的天香百合，以及开着红色花朵的卷丹。天香百合的球根最大，不过略微有些苦。最好吃的是卷丹的根，味道甘甜浓厚。

这些花朵上常常会有蓝凤蝶和碧凤蝶飞来吸花蜜。要是想找到卷丹，只要跟在凤蝶后面就可以了。帕丁记住了这个窍门。球根的发现是个巨大的福音。如果没有找到球根，帕丁肯定会饿得骨瘦如柴。

没多久，他就发现了比球根更加美味的食物。

那天天气很热，在山里转悠的帕丁口渴得厉害。他下到山谷的小溪边，法师蝉用悠长而缓慢的叫声歌唱着。

由于下坡时有些着急，到达小溪时，他被水边的石头绊了一下。足足有半个脑袋大小的石头咕咚一下翻了个个儿。

浑浊的河水里一下子跑出来许多小河蟹，帕丁的本能令他兴奋起来。他连想都没想，就扑向了小河蟹。

"好疼！"帕丁按住小河蟹的那只手突然传来一阵疼痛。他赶紧抬起手，发现河蟹的大螯夹住了自己的小手指。

他用自己没有手的左臂迅速拍了螃蟹几下。螃蟹被拍扁了，掉在了地上。

帕丁捡起来闻了闻，虽然有点腥，不过闻起来甜甜的。帕丁曾在理的家里吃过虾，和那个味道有些相似。

他把螃蟹塞进嘴里，嘎巴一下咬碎蟹壳嚼了起来，好吃。竟然有这么好吃的东西！帕丁已经忘记了口渴，把附近的石头都翻了过来，忙着抓螃蟹吃。

先是发现了百合球根，现在又有了小河蟹这个动物食物来源，帕丁的食物清单越来越丰富了。蛙类和蚯蚓也很美味。黑熊属于食肉目动物，原本就喜欢吃动物类食物。

不过最令他难忘的还是发现日本蜜蜂蜂巢的那件事。帕丁很喜欢吃蜂蜜，以前总缠着小梢和惠子要蜂蜜吃。

在尝试吃过各种食物以后，帕丁的胆子渐渐大了起来，开始主动觅食了。他逐渐适应了山里的生活，动物本能也变得敏锐起来，野性的力量越来越强大了。

当他发现蜂窝时，他对于嗡嗡飞翔的蜜蜂还是很警惕的，没有想去碰他们。不过后来他闻到了蜂蜜的甜香味，一个冲动，就朝蜂窝扑了过去。蜜蜂立刻发动了攻击，不过帕丁反射性地放倒了全身的毛发，那些毛紧紧贴在皮肤上，就像穿上了一件用硬毛织成的光溜溜的硬布衣服，蜜蜂的刺根本扎不到皮肤。只有不长毛的鼻头需要保护，帕丁只好拼命用手驱赶蜜蜂。

帕丁掰开蜂窝，狼吞虎咽地吃着里面的蜂蜡和幼虫。世间竟然有如此美味的东西！蜂蜡和幼虫混合在一起的味道很复杂，和他在高浪家吃过的瓶装蜂蜜很不一样，帕丁几乎要陶醉其中了。

吃野生蜂蜜时，帕丁完全恢复了野性。他已经掌握

了在森林中独自生存的力量,这种力量充满了他的全身。

山里没有熊的天敌,所以山中的生活基本没什么可怕的。最大的问题就是如何确保食物来源。如何度过食物匮乏的八月,对帕丁来说是一个极大的考验。有一段时间他瘦得皮包骨头,不过与生俱来的坚强意志很快就令他恢复了野性的力量,找到了各种各样的食物,总算幸运地度过了这个八月。

秋天名副其实是个金色的季节。山上的树木渐渐显出了美丽的色彩,果实成熟了,味道也变好了。橡子类植物和紫葛都结出了丰硕的果实,食物遍地都是。饱受饥饿折磨的夏天仿佛是个虚幻的梦,帕丁把自己爱吃的东西吃了个够。

进入十二月,开始下雪了。冬眠用的洞穴在秋天就找好了。一棵高大的杉树上有一个洞,正好可以用来猫冬。这或许是别的动物在两三年前用过的。洞穴里有杉树皮和枯叶。帕丁扒开那些腐烂的树叶,放进了新的落叶和枯草。

春天来了。帕丁平安度过了冬眠,正在享受他的午睡,沐浴着春日的阳光。帕丁完全适应了山里的生活,变成了一头野生黑熊。好朋友理和高浪家的生活现在都变成了遥远的往事,埋藏在记忆深处,没有再想起过。

春天有许多和秋天不一样的食物。秋天是收获的季节，主要的食物是果实类，而春天是新生的季节，嫩芽和嫩叶让动物们尝到了新鲜的味道。

帕丁是第一次吃春天的野草，不过去年夏秋两季在山里寻找食物的辛苦总算有了回报，他学会了吃野草和树木果实的方法。

黑熊会在二月左右出生在冬眠的洞穴里，然后，将和母亲在一起生活一年。这期间，幼熊会向母亲学习如何从种类繁多的草类和树木果实中辨别出可以作为食物的东西。虽说是学习，不过熊不会像人类那样告诉后代："吃这个。"小熊通过观察和模仿母熊吃东西来记住哪种东西能吃。

母熊从自己的母亲那里学习什么东西可以吃，母熊的母亲又是从她的母亲那里学到这项技能。因此，觅食的本领是通过母亲代代相传的。这个过程中，也许有母熊不小心吃下了毒草，会拉肚子、呕吐或是头疼。可是，有了这样的痛苦经历后，她就不会再去吃毒草了。于是，安全的食物菜单就通过这种方式成为传统，并传给子孙。

帕丁刚刚出窝那会儿，一边喝着妈妈的奶一边开始尝试吃山里的植物，就是在这个时候，他非常不幸地掉进了陷阱。所以他对于春天的野草只有一点朦胧的记忆。但是，去年夏天他被放回山里开始独自生活，从那以后，他不得不完全凭借自己的力量去寻找食物，有时甚至会有生命危险。

八月末,他发现了一种盛开着许多美丽紫色花朵的植物。当时他刚刚发现日本大百合可以食用,因此鲜艳的紫色花朵勾起了他的食欲。这种花和高浪家花坛里种的金鱼草很像,帕丁感觉十分亲切。

帕丁抓住长达一米的茎把花连根拔起,花的根部很像大丽菊的球状根,看上去很好吃。

帕丁先是尝了尝花朵。花瓣没什么滋味,不过花蜜很甜。摘下叶子吃了一口,很苦。帕丁连花带叶一并塞进了嘴里,甜味和苦味掺杂在一起,有一种别样的味道。接着,帕丁又开始吃茎,特别苦。他吃了一点,觉得苦味越来越重了。帕丁把嘴里的东西全吐出来了,把手里的紫花也扔掉了。

过了一会儿,帕丁觉得胸口烧得厉害,特别恶心,直想吐。他吐了好几口唾沫,突然开始剧烈呕吐。他不停地吐啊吐啊,胃里的食物早已吐了个精光,可还是一个劲儿地想吐,感觉快要把胃吐出来了。喉咙里不断发出"咕噔!咕噔!"的声音,吐出来的只有胃酸。

呕吐终于止住了,可是帕丁却开始头晕目眩,他趴倒在了地上,嘴里发酸,浑身无力,脑袋昏昏沉沉。然后,他的四肢开始轻微麻痹。

到了晚上,他又开始不停地腹泻。手脚虽然不麻了,可是腹泻带走了他体内的所有能量。

帕丁吃的是乌头，这是一种毒草，含有一种剧毒生物碱——乌头碱。根部的毒性尤其强，阿伊努人将这种毒涂抹在弓箭上制成毒箭狩猎黑熊。毒素进入黑熊身体后，先是麻痹四肢，随后麻痹呼吸，黑熊就会死掉。

　　帕丁并不知道这是如此可怕的毒草。如果他当时吃掉了那个像芋头一样的根，肯定早就去见阎王了。他虽然吃了花、叶和茎，不过味道太苦没吃多少，这也是不幸中的万幸了。

　　这件事以后，帕丁在吃没见过的植物时变得十分谨慎。先是凭直觉判断能不能吃，然后再吃一点点，仔细品尝味道。

远东山雀

森林中恋爱的季节

　　森林中传来日本树莺清脆的啼叫声，大斑啄木鸟叩击树木的轻快的"咔嗒咔嗒"声仿佛在给树莺伴奏。

　　帕丁一边在杂树林中行走一边采野菜吃。华箬竹丛里，白纹阴阳竹的竹笋从地里面冒出头来。帕丁啪啪地掰下竹笋，不停地往嘴里塞。走出华箬竹丛之后，是一大片兔儿伞。兔儿伞柔软的茎和叶子都十分美味。

　　森林里到处生长着柔软美味的春天野菜。蕨菜太涩了，吃不了太多，相比之下，同样是蕨类植物生长在潮湿地方的荚果蕨的嫩芽就没什么怪味，好吃很多。荚果蕨没有像蕨菜那样的白毛，大大的螺旋形的嫩芽泛着鲜亮饱满的绿色，咬起来脆生生的，口感很好。

有一片生长着灌木的草地斜坡。那里是春天给动物们准备的餐厅，有土当归、蓟、蕨菜和灌木类的五加等等。

一群远东山雀"唧唧，唧唧"地啼叫着飞过。"哔——哔——"，这带着些许鼻音的叫声是混杂在远东山雀群里的赤腹山雀。赤腹山雀和茶腹䴓常常混进远东山雀群里一起行动。虽然种属不同，但他们非但不会打架，反而关系十分要好。赤腹山雀通常是雌雄成对儿出现，不过比起两只鸟行动，待在远东山雀群落里会更加安全。

森林中走出来一头鬣羚，黑色的角闪着亮光。鬣羚伸长了脖子，用嘴扯下一片五加的嫩叶津津有味地嚼着。

帕丁发现了一株日本大百合。那是去年的一根接近一米高的干枯的茎，突兀地矗立在地上，所以很容易发现。枯茎的下方，新鲜水灵的硕大叶片正挨挨挤挤地生长着。嫩绿色的叶片上布满了红色的叶脉，仿佛在给叶片输血，看起来像是毒草，不过帕丁去年秋天吃过日本大百合，所以毫不犹豫地就扯下叶子吃了起来，味道十分清爽可口。

接着，他开始挖球根。他用锐利的爪子挖土，挖出了白色的球根。他专心吃了起来，不经意间抬起头，忽

森林中恋爱的季节

然发现前方四五米处有一团黑色物体。

"是熊!"帕丁一下警惕起来,伏下身子,透过草丛观察着对方。

黑色物体动了动,忽地站起身来,看着帕丁。胸口的白色月牙细细的,是新月的形状,体形十分苗条。这只熊似乎已经知晓帕丁的存在了,一点儿都没有警惕的样子,只是用温柔的目光盯着帕丁。

帕丁的警惕也消失了,仿佛做出回应一般,也站了起来。"是个年轻雌性。"帕丁心想。只看了一眼,帕丁就觉得心里一下子满满的,对她很有好感。帕丁一边采摘蕨菜,一边朝着雌性蹭了过去。

年轻的雌性黑熊似乎并没有在意帕丁的缓慢靠近,只是忙着吃野菜。走到距离对方十米左右时,帕丁也开始吃饭了。虽然他们并没有互相打招呼,只是各自坐在一旁,不过帕丁仍然觉得心里很踏实。

忽然,那只母熊——小月——站了起来,鼻子动了几下,然后扭向了东边。她正在用嗅觉捕捉什么。小月扭着头朝旁边眺望了一会儿,很快又若无其事地坐了下来,吃起了蓟。

帕丁有些在意,站起来朝小月张望的方向看去。"呜——"他刚想低声吼叫,却又忍住了。那里有一头巨大的雄性黑熊。

帕丁像是什么事都没发生一样,掰下了一根虎杖。

"砰！"传来一声清脆的声音。在春日里安静悠闲的氛围的衬托下，这个声音听起来特别响。帕丁心里咯噔一下，不过还是故作镇静，把虎杖塞进了嘴里，根部的白色部分很好吃，味道酸酸的，他的嘴里顿时充满了口水。

过了一会儿，那只庞大的公熊朝帕丁缓缓走了过来。帕丁绷紧了全身的肌肉，做好了随时应对突发状况的准备。

巨大的公熊走到距离帕丁十二三米远的地方时停下了，用他那小小的眼睛一直盯着帕丁。那足以震慑住对方的犀利目光让帕丁有些招架不住了。要是在这个时候畏缩了，把脸扭开了，那自己就必输无疑了。帕丁使出浑身上下所有力气，狠狠瞪了回去。

公熊微微上下动了几下下巴，仿佛在说：没规矩。然后，他突然扬起了头，仿佛仰天长啸一般，胸前的月牙清晰地显现出来，月牙的右侧边缘很粗。

公熊像是没看见帕丁似的，掉转方向，朝小月缓缓走去。紧绷的气氛仿佛一下子松弛下来了，帕丁顿时觉得浑身无力。从高度紧张中解放出来的帕丁目送着公熊离去。之前只是看到了他的正面，现在帕丁发现他后背腰的部分是黑褐色的。

小月背对着靠上前来的公熊，一副漠不关心的样子，扯下嫩叶塞进嘴里。可是，帕丁明白是怎么回事。她把全身的注意力都集中在耳朵和鼻子上，不放过一丝微弱的声音和气味，将捕捉到的信息进行分析，对公熊的行动了如指掌。

腰部黑褐色的庞大黑熊缓缓穿过草地，消失在森林中。帕丁站起身来，确认他离去后，一下躺在了地上。春日的阳光灿烂无比，帕丁躺在草地上，品尝着幸福的滋味。危险消失了，他可以和年轻母熊尽情享用春天的美食了，喜悦充满了帕丁的心间。

从昨夜开始就下个不停的雨终于停了，太阳从云朵之间露出了笑脸。阳光透过面纱一样的薄云照射出来，变得柔和了许多，不过被雨水浸湿的嫩叶仍然绿得鲜艳。山谷小溪的水量增加了，充满了泥沙的浑浊河水哗哗流过。

这是小鸟们养育幼鸟的季节。亲鸟忙着飞来飞去搬运虫子，如果竖起耳朵，会听到森林里和灌木丛中传来雏鸟索要食物的"哔——哔——"声。日本树莺的叫声在潮湿的空气中颤抖，那是没有顺利追求到恋人的雄鸟正在呼唤落单的雌鸟。

六月对黑熊来说也是恋爱的季节。帕丁对年轻母熊的爱慕之情与日俱增，总是和她形影不离。年轻母熊似乎也对帕丁有了好感。

一天，帕丁感觉体内的欲望已经强烈到无法控制，像是有一团火在燃烧。他想和年轻母熊结为夫妻的强烈冲动战胜了平日的谨慎和克制。

帕丁两眼放光,微微耸肩,迈着轻松的步伐朝小月走去。

帕丁以为小月肯定会接受他。可是,事情并没有像他想的那样发展。年轻母熊突然转过身来,低下头,采取了攻击姿势,对帕丁发出低沉的吼叫声——我不要!别过来!

帕丁被小月的气势震慑住了,有些畏缩了,向后退了两三步。小月掉转身,朝着相反的方向大步走去。帕丁彻底被小月甩了。他就像一个被妈妈训斥的孩子,垂头丧气地跟在小月的身后。

小月爬上了一棵大叶栎,她骑在一根粗壮的树干上,折下周围的树枝,做了一个类似鸟窝的东西。这是"蒲团",是黑熊在树上休息时的床。她趴在蒲团上,睡起了午觉。

帕丁也想爬到树上,在小月旁边做一个蒲团休息,可是令他窝火的是,他没有左手。爬树需要用两只手的爪子紧紧抠住树干,可是帕丁做不到,最后只能放弃了。

帕丁在大叶栎树下蹲下来,打起了盹儿。睡了一会儿,他起身离开了。

第二天,帕丁仍旧像往常一样跟在小月的身后。因为经历过昨天的事,帕丁不敢靠得太近。幸好今天母熊心情不错,没有生气。

不知从何时起，两只公熊跟在了小月的身后。一只是之前那只右端月牙较粗、腰部是黑褐色的大熊，另一只是帕丁从未见过的公熊，他的左耳朵裂开了。

这个季节，公熊们会四处转悠着寻找母熊。他们发现了小月这只朝气勃勃的年轻母熊，都想把她据为己有，就跟了上来。

为了争夺小月，三只公熊之间充满了异样的紧张感。另外两只公熊都比帕丁体形庞大而且勇猛。可是，帕丁对小月的爱意比他们都要强烈，而且他觉得小月应该会选自己，因为他们很早以前就是好朋友了——帕丁有这个自信。

裂耳朵是一只脾气暴躁的公熊。

即便是在追逐小月的时候，他也是"呜呜"地喘着粗气，有时候用爪子挠地，有时候猛地一口咬在杉树上，无法掩饰他内心的焦躁。裂耳朵从一开始就没把帕丁放在眼里。他或许在想：这种家伙绝不是我的对手。

远东山雀、赤腹山雀和大斑啄木鸟等的雏鸟们离巢了，森林里充满了雏鸟热闹的啼叫声。日本猕猴的群落里，肚子里孕育着小宝宝的母猴多了起来，野兔的幼崽在草丛里跑来跑去。新生命的诞生让森林充满了生气。

动物们养育新生命的方式五花八门。大多数小鸟会由雄鸟和雌鸟结成一对儿，在鸟巢里养育几只雏鸟。也有像大杜鹃和小杜鹃那样把卵产在其他小鸟的巢里，让其他小鸟抚育自己雏鸟的狡猾鸟类。日本猕猴则会组成群落，雄猴和雌猴在群里交配，出生的孩子由雌猴喂养。幼猴在猴群里和其他小伙伴一起长大。

　　黑熊无论雌雄都是独自生活，成年熊类是绝不会一起生活的。为了避免和其他同类产生纷争，更好地独自生活，动物一般会划分势力范围。也就是说，拥有只属于自己的领地，不允许外来者入侵。老虎和日本鬣羚等独自生活的动物，许多都采用这个方式。

　　然而，黑熊不是这样。他们没有势力范围，可以自由去任何地方。他们不受任何干涉，是山里的自由居民。不过，这也需要他们特别注意。黑熊尽量避免和别的黑熊见面，非常巧妙地避开无谓的麻烦。黑熊的视力不是很好，不过听觉和嗅觉十分敏锐。无论他们做什么，耳朵和鼻子是绝对不会休息的，时刻保持着警惕。

　　成年熊类每年会有一次聚到一处。六月和七月，是黑熊恋爱的季节。每当这个时候，公熊们为了追求母熊会聚集到一起。公熊们会为了一头母熊而展开激烈的竞争。这是一个危险的集会，因为一旦疏忽，很可能会丢掉性命。

　　这三只公熊想把小月变成自己的恋人，一直跟在她身后，他们之间充斥着紧张的气氛。最后只能有一只熊成功，他必须在竞争中胜出。

　　褐腰大熊十分从容淡定。他浑身洋溢着强烈的自信，完全不把其他对手放在眼里。裂耳朵则十分急躁。如果不早些把年轻母熊吸引过来，搞不好就会被褐腰大熊抢走了。不过首先得把那只纠缠不休的没左手的公熊赶走。

裂耳朵突然向帕丁发动了攻击。帕丁连忙闪身躲开了攻击，不过因为对方动作太迅速，他没能完全躲开，肩膀被狠狠撞了一下，翻了个跟头。

裂耳朵没刹住车，又向前冲了几米，趁他调整攻击姿势的时候，帕丁拼命逃走了。

帕丁根本就没想和裂耳朵战斗，只看一眼他就知道自己在体力上完全处于劣势。帕丁想到了一个狡猾的作战方式。大熊和裂耳朵肯定会打起来。如果双方都负了重伤，都掉队了，那帕丁就可以坐收渔人之利了。如果某一方胜利了，帕丁就得和获胜者一对一进行对决，真要到了那个时候再说。在这之前，不管发生什么事，三十六计走为上计。

裂耳朵看到自己只用一招就把帕丁打跑了，顿时信心大增，开始寻找褐腰大熊的破绽。

褐腰大熊走到小月身边，和她并排行走着。小月似乎想要接受褐腰大熊了。

褐腰大熊的心思完全放在小月身上，对裂耳朵放松了警惕。

"就是现在！"裂耳朵悄悄从后面靠近褐腰大熊，全速向他发动了攻击。

惨烈的战斗开始了。在体力上褐腰大熊比较占优势，不过裂耳朵使出浑身解数想要取胜的气势十分强大。两只公熊站起来互相殴打，用尽力气把对方撞翻，骑在对方身上猛咬。

两只公熊拼死战斗着。四周的野草已经被他们压倒了，低吼声和咆哮声掺杂着身体撞击的沉闷声响，在森林的一角刮起了一场小小的风暴。

小月和帕丁在一旁看着两只公熊的惨烈战争，就像在观看一部死亡戏剧。小月靠在一棵日本铁杉上看着，帕丁在树丛下观战，不过他们心中想的完全不一样。

帕丁把两只熊的战斗看成是天上掉下来的机会，心里很高兴。最好这两个家伙都倒下，他心想。

而小月觉得谁获胜都无所谓。本能告诉她，选择强者。对雌性来说，最重要的任务是生出好的后代。这就需要选择强壮的优秀的雄性。小月和正在战斗的这两头熊没有任何关系，所以她没有偏袒某一方的心情。胜利的一方将会成为她的伴侣。

激烈的战斗结束了。裂耳朵的肩部受了重伤，走起路来都困难。裂耳朵认输了，沮丧地离开了。

褐腰大熊站起来，骄傲地目送着裂耳朵远去。然后，他发出"咕咕"的叫声，向小月走去。他的眼睛下面受伤了，流着血，身上有好几处抓伤和咬伤，不过所幸都是轻伤，他的步伐依旧威风凛凛。

小月接受了褐腰大熊，他们像什么都没发生一样，亲密地肩并肩地走了起来。

帕丁的期望落空了。他呆呆地望着两只熊远去的背影，然后垂头丧气地跟了上去。

第二天下午，天空阴沉沉的，森林里充满了闷热沉重的空气。树叶沙沙作响，一阵风吹来，包裹着身体的闷热空气被吹散了，一瞬间觉得很凉爽。

小月正独自待着。帕丁确认褐腰大熊不在附近以后，凑了过去，用哀求的眼神看着她。

小月瞥了帕丁一眼，把脸扭向一边。她的目光冷冰冰的。这种态度意味着：我对你完全没兴趣。帕丁叫了一声，伸长了脖子看着小月。

"呜！"小月低低地吼了一声，低下头，对帕丁做出了威吓的姿势。帕丁失望极了，退了下来。

褐腰大熊拨开维氏熊竹出现了。他停下来，白了帕丁一眼，理所当然地走向小月，从后面压住了她。小月没有反抗，顺从地接受了。

帕丁见状，一下子怒了。嫉妒的怒火在胸中燃烧，爱情的火球在脑子里乱窜，判断力顿时下降了。被小月冷落的恼火和眼睁睁看着小月被褐腰大熊抢走的愤怒混杂在一起，帕丁不顾一切地向褐腰大熊发动了突然袭击，一口咬住了他的脚。

森林中恋爱的季节

大熊顿时跳了起来,想要甩掉帕丁,照着帕丁的脸就是一拳。帕丁顺势跳开了两三米,趴在了地上。

大熊毫不犹豫地发起了攻击。他锐利的目光中充满了愤怒,"嘎嗷——"地咆哮着,像匕首一样锋利的獠牙闪着寒光,朝帕丁扑了过去。

要是在平常,帕丁一定会被大熊按倒在地一口咬住,不是重伤就是被咬死了。可是,大熊的一只脚被帕丁咬住了,用不上劲,气势减弱了很多。帕丁抓住一丝机会,从大熊的熊掌里挣脱出来,拼命逃进了维氏熊竹丛里。

愤怒到极点的大熊打出的那一拳威力十足,帕丁的下巴险些被打断了。嘴里被自己的牙齿划了一道大口子,流了好多血。脸颊肿得特别厉害,脸变成了原来的两倍大,左眼都被挤得看不见了。

疼痛渐渐消失了,不过麻烦的是嘴里还肿着,吃不了东西。帕丁躺在维氏熊竹丛里,忍受着饥饿。

第三天,嘴里的伤口好些了。帕丁饿得不行。突然,他听到了"嗡——"的声音。要是在平时,这么微弱的声音可能不会引起他的注意。可是饥饿的身体却不同,帕丁的耳朵就像是一个高度敏感的仪器,捕捉到了那个微弱的声音——那是蜜蜂振翅的声音。帕丁抬起鼻子,抽动了几下。灵敏的嗅觉天线捕捉到了风中飘来的一丝蜂蜜的气味。黑熊的视力不好,不过嗅觉十分敏锐，尤其是对于他们最爱吃的蜂蜜，就算在一公里之外也能闻到蜂蜜的气味。

帕丁衰弱的身体仿佛被鞭子抽了一下，一下站了起来，朝着蜂蜜气味传来的方向走去。

在一棵高大的山毛榉树的树洞里，蜜蜂正在飞进飞出。帕丁径直走了过去，完全无视嗡嗡飞来飞去的蜜蜂，摘下悬挂在树洞下方的日本蜜蜂的蜂窝，抱着蜂窝就跑。

愤怒的蜜蜂向帕丁发起了攻击。帕丁一边奔跑一边用没有左手的胳膊驱赶着聚集在脸上的蜜蜂，连滚带爬地跑到一棵杉树下坐了下来，开始大口大口地吃蜂窝。

真好吃啊！帕丁的嘴里还没完全长好，还会疼，不过蜜蜂卵和蜂蜜不用使劲咬，所以还好。帕丁顾不上嘴里的疼痛，狼吞虎咽地吃着，总算填饱了肚子。

嘴里的伤口终于愈合了，脸也不肿了，可是帕丁却瘦了许多，彻底没了精神。他也曾遇到过母熊，不过却提不起劲头去追，母熊也只是看一眼帕丁，大多对他没什么兴趣。

有时候，他会听见公熊战斗的声音，公熊们为了争夺母熊在战斗。可是，对帕丁来说，那些仿佛是另一个世界的事情。与其说他被熊的世界排挤在外，不如说他在内心深处觉得自己不是一只熊。

想尽办法度过了食物匮乏的夏天,帕丁迎来了秋天。帕丁瘦了许多,没精打采的,甚至让人怀疑他是不是生病了。

不幸的是,今年的秋天山里收成并不好。八月刮了三次台风,把青色的橡子都吹掉了。往年,台风都是在九月份以后登陆日本列岛。由于全球变暖导致气象平衡被打破,所以发生了台风在八月登陆这种异常现象。这也导致了山里的果实歉收,动物们的食物告急。

九月和十月也刮起了台风。不巧又逢山毛榉果实歉收,山里动物不得不面对粮食饥荒。

帕丁每天只能找到很少的食物。百合球根、小溪里的汉氏泽蟹、蚯蚓、蚂蚁等等,他几乎什么都吃。

一天,他发现了一个空的果汁罐。应该是来山里的人扔掉的,好怀念啊。帕丁咕咚咽了一口唾沫,捡起了那个空罐,里面还残留着几滴果汁。

帕丁喝掉了剩下的果汁,喝的时候他想起了快要忘记的理的脸,有关高浪一家的记忆一下子充满了心间。那个时候他每天吃的是汉堡包肉饼、牛排、甜包子等糕点,还有巧克力!帕丁馋得满嘴口水。

回理的家吧!帕丁的心里涌起了这个强烈的念头。

要是就这样过冬的话,不知道自己这么瘦弱的身体还能不能挨过这个冬天。只有秋天吃下大量食物,储备好足够的脂肪,才能有充足的能量冬眠,直到春天到

来。山里的饥荒再加上这副瘦弱的身板，是不可能熬过冬天的——熊的本能这样告诉他。

可是，他现在的位置是哪里呢？理的家在哪个方向，他完全不知道。不过，帕丁的决心并没有变。向南走的话，应该能走到人类居住的世界吧。只要能走到那里，就能看见小时候见过的熟悉风景了，到那时候肯定会有办法的。

"吭——吭——"尖叫声划破了秋天清爽的空气。接着又传来啪飒啪飒的声音，一只雉鸡飞走了。理家后面的田地里有时也会有雉鸡。帕丁很熟悉这种动物。他觉得好像遇见了以前的老朋友，心里踏实多了。

帕丁精神抖擞地迈开了步子，朝着南边的村庄走去。

柿子树

重逢

　　兵库县丹波篠山的晚秋，晨雾很浓。人家、田地和水田都被白雾笼罩着，甚至三四米之外的人都只能看到模糊的影子。

　　十点左右，雾气蒙蒙的天空里出现了一轮模糊的雪白的太阳。随着那个冰冷的圆盘渐渐发出银白色的光芒，雾气淡了，人家和田地都显现了出来，仿佛揭开了一层白色幕布。又过了一个小时，清澈蔚蓝的冬日天空里，银白色的太阳开始发出耀眼的光芒。早上雾气很重的日子，一定是个云彩很少的大晴天,仿佛白雾过后总能诞生晴天。

"太阳真好啊!晒晒被子吧!"

清奶奶走进卧室,突然站住了。"咦?推拉门怎么开着?"她小声嘟囔了一句,有些不解。她明明关上了呀,壁橱的推拉门却开了一尺多长的缝。上了年纪以后记性也变差了,说不定是自己记错了,清奶奶想。

她打开推拉门,想要取出被褥,又纳闷儿地叫了一声"咦",不由得瞪大了眼睛。她看见昏暗的壁橱角落里有一团黑色的东西。

"嗯?那是什么?我放了什么黑色的东西吗?"清奶奶回想了一下。她完全不记得自己曾经放过黑色的东西。"最近我太健忘了。不过,那究竟是什么呢?"

如果是被子的话,应该是平整的,可是那个黑色物体就像是一大块布卷起来放在那里,黑乎乎的一团,缩在被褥里。"这到底是什么呢?"清奶奶完全看不出来那究竟是什么。她把壁橱的门完全拉开,终于看清了那团黑色物体。

那不是布,是一团黑毛。

清奶奶揉揉眼睛,使劲瞪着眼睛看了看。"奇怪。"怎么看那都像是动物的毛。是谁把黑牛皮卷成一团放进了壁橱吗?

可是今天早上六点刚过她就把被子收起来放进壁橱了,这团东西一定是在那之后放进来的。家里只有她和爷爷两个人,要放也是老伴儿放的。可是,他们两个一起吃完早饭后,老伴儿读了报纸,就去给树浇水去了,应该没有把奇怪的东西放进来。

清奶奶本想把爷爷叫来,想想又觉得没那个必要。她伸手摸了摸那个黑色的物体。

她的手摸到了柔软的毛皮——果然是毛皮。她正在纳闷儿,突然发生了一件意想不到的事。

黑色物体突然动了一下,然后慢慢展开了。

"啊!"清奶奶尖叫了一声,连忙向后退去,哆嗦着手站在了原地。她的身体就像突然被喷了冷冻剂一样僵住了,嘴巴半张着,睁大了双眼——她看见了一只熊。

熊似乎并不害怕,用温和的目光看着清奶奶。可是清奶奶不可能理解熊的心思,她的心中充满了恐惧。

熊的嘴巴动了动。其实他只是在咽唾沫,可是清奶奶却以为他要咬人了。

清奶奶磕磕绊绊地冲到了外面,老伴儿太平正拿了镰刀和铁锹准备去田里。

"怎么了?"看到清奶奶脸色苍白、连滚带爬地冲了出来,太平爷爷大吼道。

"熊,熊,熊,熊!"

"什么熊?熊怎么了?"

太平爷爷还以为清奶奶疯了,要是说有野猪或猴子出现也就罢了,怎么可能有熊呢?

他先稳住了六神无主的清奶奶,然后问了事情的经过，可是他还是不相信。因为从京都府的丹波高地到若狭地区这一带，兵库县境内只有距离此处很远的但马冰之山那里才有熊。

他从报纸和电视上得知，今年山里食物匮乏，熊经常跑到人的村庄来。可是这些情况都发生在熊栖息的地方。从但马冰之山到这里的直线距离有七八十公里，从丹波高地过来也有四十公里。途中有山有河，还得经过田地和几座城镇。熊怎么会冒着危险进行这么一场长途跋涉的旅行呢？不可能。而且，如果说他在吃柿子，或者他坐在田里，倒是还能理解，现在竟然说他钻进了人家的壁橱，这让人怎么相信嘛。

"老伴儿，你是不是把黑布看成熊了？或者那是个狗熊娃娃？"

"是我亲眼看见的！我刚想摸摸他，他就抬起头来瞪了我一眼，还张开血盆大嘴，嘎地叫了一声，好像马上就要咬人了。真的，不骗你！就在壁橱里！"

清奶奶认真的表情和讲述听起来不像是假的。可是，无论怎么想，壁橱里睡着一只熊这种话都让人无法相信。

"是不是真的，去看看就知道了。如果是真的，那可不得了。"

"别去，太危险了，万一他扑过来就糟了。得立刻通知村公所。"

"先不急。说什么我也不相信，还是先确认一下吧，免得到时候丢人。"

太平爷爷拿起铁锹，腰里别着磨好的柴刀，轻手轻脚地走进了屋子。清奶奶跑出来的时候把推拉门和隔扇都打开了，所以屋子里一览无余。

卧室在屋子一角。太平爷爷穿过客厅，瞅了瞅面向后院的卧室。壁橱的门敞开着，在中间格段上堆放的被褥的角落里有一团鼓鼓的黑色物体。"是熊吗？"太平爷爷看了一会儿，那团黑东西一动不动。说不定是清奶奶的错觉，壁橱里本来就不可能睡着一只熊嘛。

虽然心里这么想着，可是八十二年的漫长人生经验告诉太平爷爷，世上还真有不可思议的怪事。他蹑手蹑脚地走近一看，那团黑东西不是布，怎么看都是毛皮。

太平爷爷把铁锹倒着拿在手里，用手柄戳了戳那团东西。

黑东西坐起来了，四肢着地看着他。

"熊！熊！"

太平爷爷突然疯了似的大叫起来，扔下铁锹就跑了。

这只熊正是帕丁。帕丁也吓了一跳。清奶奶用手碰他的时候，他想起了高浪家的良奶奶，感觉分外亲切，可是清奶奶吓得脸色大变跑掉了。接着又来了一个长得像玄爷爷的人，他顿时松了口气，可是对方一脸恐怖的表情跑掉了。这是为什么呢？自己明明没有吓唬他们啊。帕丁十分不解。

帕丁从位于京都府和福井县交界处的丹波高地出发，主要在夜间行动，绕着山走，平均每天能走四到五公里。他走着走着，便走到了位于西南方向的篠山市山脚下的一个村庄。

乡下的河堤上、小河岸边还有村庄的附近，到处都是硕果累累的柿子树。以前乡下的孩子最喜欢吃柿子，可是现在谁也不摘了，所以在柿子成熟落地之前，树上坠满了累累的果实。帕丁毫不客气地饱餐了一顿。栗耳短脚鹎和暗绿绣眼鸟是他的老伙伴了，他甚至还在猴群里待过。

田地里种着红薯、芋头和萝卜等许多好吃的东西，山里的食物跟这些种类丰富的美食根本无法相提并论。人类的世界多好啊！帕丁心想。每天都能吃到这么多美味，他渐渐忘记了去高浪家这个目标。

田地是沿着狭窄的山谷修建而成，太平爷爷的家是从里往外数第三户人家。儿子和女儿都到城里去了，只有太平爷爷和清奶奶这对老夫妻住在这个带仓库的大屋子里。篠山有许多技艺高超的酿酒工匠，有"丹波杜康"之称。冬天他们会去滩[1]的大酒肆赚钱，所以这里的农家大多比较富裕，盖的房子也好。可是现在年轻人都去城市里了，只有老夫妇守在这里。

这里有许多野猪、鹿和猴子。直到二十世纪三十年代，在有"多纪阿尔卑斯"之称的多纪山脉还出现过熊，

---

[1] 日本兵库县神户市滩区至西宫市一带的海岸，以酿酒之地著称。——译注

现在已经没有了。所以，太平夫妇看到熊以后大吃一惊，倒是情有可原的。

这一天的早晨特别冷。雾气很重，帕丁全身都被雾水打湿了。帕丁冻得直哆嗦。他打算要是能找到割下来的稻草垛，就钻进去取暖。

田地和人家都被浓雾包裹着，就像身在幻境。帕丁看到了一棵高大柿子树的模糊轮廓。他靠了上去，打算用柿子当早餐。

那棵树长在一座气派的农家的后院里。看到乳白色世界里隐约浮现出一座房子，帕丁顿时觉得心中一动。大门的造型也好，门口的松树也好，都和高浪家一模一样！他终于找到了理的家。

这个想法在脑中一闪即逝。周围的景色完全不一样，而且理的家没有柿子树。尽管如此，帕丁还是觉得十分亲切，不知不觉就穿过大门，走进院子，坐在了走廊上。家里没有人。

他爬上走廊，打开了推拉门。壁龛上摆着插花。他拉开壁橱，发现里面堆着被子。"太好了！"帕丁心想，不禁抖了一下身体。帕丁钻进了被子里。小时候在理的家，他经常在寒冷的夜里钻到被窝里。帕丁迷迷糊糊地回想着儿时的时光，渐渐进入了梦乡。

帕丁为什么会出现在太平爷爷家的壁橱里，大概就是这样一个经过。太平夫妇逃走以后,帕丁突然觉得很饿。

帕丁爬出壁橱,来到了厨房。那里有收获的红薯、芋头和胡萝卜。帕丁就像到了自己家的厨房,毫不客气地把这些都吃掉了。打开冰箱,他发现里面装满了鱼干、牛奶和面包。当他看见装着蜂蜜的瓶子时,不禁高兴得叫出了声。

帕丁一屁股坐在地板上,面前摆着红薯、胡萝卜、面包、牛奶还有蜂蜜,开始了豪华的早餐。他打碎了盛蜂蜜的瓶子,把蜂蜜涂在面包上,吃完蜂蜜面包又喝了牛奶。多么美味啊!整整一年都没吃过这么好吃的东西!帕丁沉浸在幸福里。山里的生活实在太苦了,他想重新回到人类世界。

可是——帕丁转念一想——如果养在人类家里,虽然不愁吃的,却要被锁链拴着,一点儿都不自由。自己活动的世界最终是由锁链的长度决定的,这一点实在难以忍受。帕丁已经尝到了山中自由生活的滋味,即便有再多好吃的,他也不想再次沦为囚禁之身。

外面传来一阵吵嚷声,突然又安静下来了,一个男人端着猎枪悄悄走进屋子,从缝隙里窥视屋内。他一脸惊讶,又静悄悄地走出了屋。

"在吗?"猎友会会长户山先生压低声音问道。

"何止是在啊!简直不可思议!一只大熊坐在厨房里,面前摆着胡萝卜和红薯,正在大口大口喝牛奶呢。"

"犯什么傻！别跟我说这种童话故事！我问你熊在不在。"

户山先生火了，忍不住大吼。

"嘘！小点儿声！我说的是真的，不信你自己看！"

户山先生半信半疑，偷偷去看了一眼，然后慌慌张张地跑回来了。

"是真的！真像义信说的那样。竟然把蜂蜜抹到面包上吃！这是怎么回事！"

帕丁刚才就注意到有很多人聚集在屋子外面。不过他并没有恐惧或不安，因为他吃了这么多好吃的，感觉就像在理的家里一样。

屋外，警察、村公所的人和猎友会的人正在商量该怎么办。熊毕竟是猛兽，要是发生了袭击人的事故就糟了。警察很坚决地主张立刻击毙，村子里许多人也表示同意。这只熊竟然能够若无其事、厚颜无耻地跑到人家里来，很有可能会杀死熟睡的婴儿。要是让他跑了，和放跑杀人犯没什么区别。人们谁还敢外出啊！

太平爷爷开口了。

"别在屋里杀他，会弄得满屋是血，而且还会留下熊的怨恨，万一被诅咒了，这个屋子就不能住了。如果要杀的话，就请在屋外面动手吧。"

一瞬间所有人都安静了。隔着两户人家的常子阿姨说话了，平息了人们兴奋的劲头。她说，杀死一只无辜的熊，实在是太可怜了。前几天她去山里，发现橡子和野葡萄都特别少。一定是山里歉收没有吃的，这只熊才一不小心闯进村子的，现在却要把他杀死，她实在是不忍心。

有几个人赞同常子阿姨的意见。

这时候，一直沉默不语、一脸难色的村公所动物管理员小田先生插话了。黑熊在兵库县是受保护动物，这几年数量急剧减少，县里的政策是，尽量把跑到村子里的黑熊放回山里，把他杀死确实于心不忍。

"那怎么逮住他呢？就算把他放回山里，可是这只熊脸皮这么厚，肯定还会回到村里。根据我长年打猎的经验来看，他肯定会回来的。"猎友会副会长藤井先生沉着脸说道。

"要是跑到村子里伤了人就再也无法挽回了。必须把他赶出来打死他，没有别的办法。"区长严肃地说道。

"太危险了，必须立即杀死！""太可怜了，得把他放回山里！""受保护动物，得放回山里！"——这几种意见相持不下，很难得出一个结论。

小田先生提了个方案。"就地杀死这个做法问题太多了，咱们就先把他抓起来关进笼子里，再考虑下一步怎么办吧。县立自然博物馆里有研究熊的专家，他有麻醉枪。咱们先去拜托他把熊抓起来。这样的话，家里也不会被血弄脏，就算要杀死熊，也应避免残忍的枪杀，可以给他实施安乐死。"

现场的人们都觉得有道理，同意了小田先生的意见。不过，又加了一个条件：如果在等待的过程中熊从家里出来了，就地枪杀。猎友会的人把房子围了起来，随时待命。

晨雾浓重的清晨，十点左右，太阳才露出了脸。太阳的光芒仿佛被吸走了，只有一个白色的圆盘悬挂在天空中。白色的太阳一出来，雾很快就散去了，四周的景色渐渐清晰起来。随后，天空变成了醒目的蓝天，阳光倾泻而下，晚秋的红叶和黄叶将大山点缀得分外妖娆。

人们议论来议论去，天气都转晴了，一转眼也快到中午了。端着猎枪的人们如临大敌一般把屋子围得严严实实。熊那么狡猾，说不定找个机会就跳出来了。

一辆车停在了屋前。人们还以为是博物馆的人来了，结果出来的是一个大人和两个孩子，是悠二和理，还有小梢。

"帕丁没事吧？他在哪里？"

理一脸认真的表情，向猎友会会长户山先生询问。

"帕什么？你是说那只熊吗？你们是什么人？这里很危险，到那边去。"

户山先生用怀疑的目光看着他们，催促他们快点儿闪到一边去。

悠二说明了原委。篠山的亲戚打来了电话，说有一只熊跑到人家里去了，惊动了整个村子。那只熊没有左手,而且一点都不怕人,还吃了冰箱里的食物,是不是他们家的那只熊?打电话的这位亲戚常常带着孩子到悠二家里玩,所以知道帕丁。他告诉悠二,这只熊绝对是帕丁,要他们赶紧过来,来晚了帕丁就被杀了。所以悠二才带着孩子们飞奔过来了。

"一定是帕丁!我去看看!"理实在按捺不住急切的心情,想要进屋看看。

"等一下!要是别的熊的话就糟糕了。要是在这里受了伤,可就是我的责任。你们得把话说清楚,一口一个帕什么,我可没听懂。"户山先生一把把理抱住。

理扭动身体挣扎着,冲着屋子大声喊了起来:"帕丁!帕丁!出来啊!我来接你来了!"

小梢也跟着叫起来。

屋外的人们一下子安静下来。他们很好奇接下来会发生什么。如果突然出现的两个孩子说的话是真的,那只熊肯定会出来的。

理和小梢的声音在人群的沉默的衬托下越发清脆了,回荡在秋日晴空下,甚至传来了小小的回音。

走廊的推拉门动了一下。随着一阵轻微的咔嗒咔嗒声,门开了一道缝。熊的鼻子从屋里探了出来。把这一切看在眼里的人们虽然早有预料,可还是被这不同寻常的情景震惊了,小声叫了起来。

门突然咔嗒一下打开了,熊跳了出来。人们吓得大喊起来，连连往后退。户山先生这些拿着猎枪的人都把食指搭在了扳机上，随时准备开枪。

"帕丁！"理和小梢大叫起来，不顾一切地朝熊跑了过去。

眼看着他们就要撞在一起了，理紧紧抱住了帕丁，小梢则从帕丁身后温柔地抱住了他。

"帕丁，你还好吗？是不是想回家，可是一不小心找错人家了？现在没事了。"

帕丁像是答应一般，低低地叫了一声。理的眼里流出了泪水。

小梢霍地站了起来，面向人群说道："各位，这只熊的确是帕丁。我想各位也已经明白了。他一点儿都不危险，是我们的好朋友。他跑进别人家里把冰箱里的食物都吃光了，这是他的不对。他一定是想念人类的生活了。请各位体谅一下帕丁的心情，原谅他吧！拜托了！"

帕丁又戴上了以前的项圈，用锁链拴了起来。

村子里的人明白了事情的原委，总算安心了，但是接下来的问题是，该拿这只熊怎么办。理他们主张把帕丁放回山里，可是这只熊跟人很亲，说不定还会跑到村子里引起骚动。只能把他送到动物园，或是杀掉他——虽然很残忍。大家争论得很激烈，可是总也得不出结论。

这时，博物馆的研究员坂山先生和兽医横田小姐到了。他们带着麻醉枪急匆匆赶来，了解了事情经过后，爽快地说道：

"哎呀，幸亏没有急着杀掉他。他失去了一只手，这也是人类造成的。理，你们说要放归野生，这个意见是正确的！咱们把他放回山里吧！就算他适应不了山里的生活，早早死掉了，也比在动物园被人类饲养要幸福得多啊。野生动物就是要回归野生环境，这才是合情合理的。"

理、小梢和悠二觉得这话十分在理，都松了口气。可是有的村民不同意，认为熊一定还会跑回村里，强烈反对把熊放归山里。

坂山先生仔细说明了野生放归的意义——采用"驯化放归"的方式，在熊的项圈上装上遥测仪信号器，用接收器接收到熊身上发出的电波后，就能确认熊在哪里。如果他进了村庄，研究人员立刻就能知道。到那时就再实施一次抓捕，村民的安全完全可以得到保障。坂山先生解释得清楚明白，持反对意见的人也没有异议了。

所谓"驯化放归"，其实就是欺负熊。告诉他人类是个讨厌的动物，只要跑到村庄里就会遇到不好的事情，不能再到人类的村庄去；让他明白这个道理，把他放归到深山里。欺负熊的方式有很多，比方说给他喷射辣椒面，把他装在钢桶里敲击钢桶，用腐烂的肉发出的恶臭味熏他等等，总之全都是熊讨厌的事情。

"其实，我们不想做这种事。我很喜欢动物，任何时候都是站在动物这边的，我也想像理那样让熊喜欢我。

但这是个不讨好的差事。可是，只要能救熊的命，就算是让我当恶人我也愿意。"

坂山先生微笑着摸了摸帕丁的脑袋。帕丁似乎能明白坂山先生善良的心，十分温顺地让他摸自己的脑袋。

"使劲抱住了！我要开始麻醉了。"横田小姐迅速拿出针管在帕丁的屁股上打了一针。理和小梢说要一起跟着去放生的地方，坂山先生说道：

"你们两个最好不要跟着。这活儿是一件讨厌的差事。明明很喜欢对方，却要拼命让对方讨厌自己。你们肯定不想让帕丁讨厌你们吧？遥测仪信号器的电池能用三年。我们随时都能知道帕丁的位置，如果想见面了，我随时可以带你们去看他。到时候别忘了带上巧克力。那么，我们就告辞了！"

皮卡带着软绵绵的帕丁开走了。村子里的人们、太平爷爷和清奶奶都向他们挥手告别。所有人都放心了，觉得这个结果是最好的。

"再见！我们会去看你的！一定要保重啊！"

理和小梢大声喊着，不停地挥着手，直到皮卡消失在视线中。两个人的心就像秋日的晴空一样明亮。

关于野猪和最近的黑熊

在野生动物中,野猪自古以来就是和日本人渊源最深的一种动物。在绳文时代,人们靠狩猎野生动物生活,最常见的猎物就是野猪和鹿,绳文时代[1]的遗迹中出土了许多这类动物的骨头。

进入弥生时代[2]以后,以稻为主的农业成为人们生活的中心,野猪和鹿成了破坏农田的有害兽类,人们深受其苦。尤其是夜晚活动的野猪,常常在夜里来袭,很难防御,成了农民烦恼的根源。如果两只成年雌性野猪分别带着六只小猪一起出现的话,就会有十四头野猪破坏农田,一个晚上农田就基本被毁掉了。它们常常在水稻尚未成熟时早早出现,用前足拢起一把稻穗,用嘴把稻粒捋下来,嚼一嚼,吸掉汁水后再吐出来。野猪会四处转悠着寻找颗

---
1 新石器时代,大约始于公元前 12000 年。
2 大约始于公元前 300 年,日本古代使用弥生式陶器的时代。

粒饱满的稻穗，因此尚未成熟的稻子也被它们踩坏了，只要一个晚上，水田就被糟蹋得不成样子。

能吃的野猪还会跑到荞麦田、谷子地和芋头地里偷吃，于是农民们想出了各种各样的对策。村民们建起放哨小屋，轮流看守田地，用枪声吓唬野猪，燃烧腐烂的肉和毛发，用恶臭熏走野猪。不过最常用的方法是建造野猪篱笆。

野猪篱笆是指为了防止野猪入侵田地和村庄而建造的木栅栏、堤坝或石头围墙等。历史上曾经建造过极大规模的野猪篱笆。曾在十八世纪，在香川县的小豆岛上，几个村庄联手筑起了一道环绕整个小岛的高约一米五的土墙，全长大约一百二十公里。在岐阜县的根尾村，当时的二十七个村庄总共建造了全长八十公里、高两米的石墙。看一看遗址，就知道当时的村民被野猪折磨得有多惨。

现在大多使用铁皮篱笆，在山村的山脚下经常能看见铁皮篱笆，也有使用电子篱笆的。农民受灾情况越来越严重，到了二〇〇四年，受灾金额达到五十五亿日元，被驱逐的野猪大约有七万六千头。农村人口越来越少，负责驱逐野猪的猎友会的成员也渐渐老了，无法再像过去那样组织整个村子的人联起手来对抗野猪。相反，杂食性且繁殖能力强的野猪数量越来越多，分布也越来越广。人们必须制定新的策略，给野猪创造能够安心居住的栖息之地，让它们不再来祸害农作物。

那么，野猪究竟是一种什么样的动物？它是偶蹄目野猪科的一种。所谓偶蹄目，指的是有偶数蹄子的动物，鹿科和牛科都属于偶蹄目。

野猪的分布十分广泛，遍布非洲北部、欧洲和亚洲等。如此广泛的分布范围，根据栖息地域的不同就会形成许多不同类型的种群。这些种群被称作亚种，大约有三十个的亚种。日本有两个亚种，日本野猪和琉球野猪。

日本野猪分布在本州、九州和四国。本州的东北地区和北陆地区没有，不过最近其分布范围已扩展到宫城县和石川、富山、新潟这三个县。野猪的腿很短，在雪深的地方没法生活，看来它们还是把活动范围扩展到了暖冬持续的北方。

琉球野猪栖息在奄美大岛、冲绳本岛、石垣岛、西表岛等西南诸岛的七座岛屿上。这个故事的主人公里欧，就是居住在西表岛上的琉球野猪，体形比日本野猪要小。日本野猪体重超过一百公斤也不算稀罕，不过琉球野猪体重超过六十公斤就已经很罕见了。

西表岛是仅次于位于琉球诸岛南端的冲绳本岛的第二大岛。最南端的波照间岛在西表岛以南，从西表岛上肉眼可以看到。这座岛属于亚热带气候，冬天也很温暖，岛上的植物和本州的植物也大不相同。西表岛之所以出名，是因为一九六五年在岛上发现了一种新的猫科动物，即以岛名命名的西表山猫。在二十世纪，发现中型哺乳动物的新种是十分罕见的，成了世界性的新闻。然而，人们对这种动物的生态一无所知。所以，我们决心挑战一下，解开这个谜。

当时，我们为了研究猴子的生态，开发出了用于生态研究的遥测仪。把小型电波发射器装在动物身上，用接收器接收发射的电波，就能够研究动物去过的地方和动物行为。当时在日本并没有这种装置，是我们研究小组独自开发出来的。现在，电子工程学的发展日新月异，性能优秀的遥感装置可以在市场上买到并得到有效的利用。

我们打算用自己开发的新式武器来探索西表山猫的生态之谜。这座岛上同时还栖息着琉球野猪。当时，日本野猪的生态还有许多未知的地方，更别说琉球野猪了，完全是个谜。我们很贪心地想一并用遥测仪弄明白琉球野猪的生态。

一九六九年十二月，我和九州大学生态学教授小野勇一等人组建了研究班，向西表岛出发了。当时冲绳还在美国的占领之下，必须使用护照。研究经费很少，每人每天一美元（当时一美元大约相当于三百六十日元）的预算，在冲绳待了一个月。

我们在岛上西南部的大原租了一间屋子，过起了自己做饭的生活。当时非常盛行打野猪，我们用野猪套活捉了野猪来，把信号器装在了野猪身上。遗憾的是，我们没能活捉到西表山猫，无法用遥测仪进行研究，不过还是通过调查弄明白了许多事情。调查的情况说起来就话长了，在此就不赘述了。

捉野猪时，一律使用野猪吊套。所谓野猪吊套，就是把钢丝的一头系成一个环，埋在地上挖好的小洞里，把另一头弯成弓形绑在弯成弓形的树上。野猪一旦踏入那个环，触动机关，弓形树枝弹起，就会被吊到半空中，猎人就会把野猪杀掉带回家里。一个猎人一般会设下四十到七十个野猪吊套。

这种吊套狩猎法实际上并不是西表岛自古以来的狩猎方法，而是从别处传过来的，后来迅速普及了，现在打野猪全都用这种方法。

西表岛传统的狩猎方法是草山陷阱。在本州狩猎日本野猪时，主要采用猎犬和猎枪，没有使用长枪的。用长枪进行狩猎的方法虽说也有猎犬相助，但猎人和野猪进行对决时，真的是你死我活的决战。我一直关注野生野猪，又从猎人那里听说了许多有意思的故事，心里一直想着要写一个关于野猪的故事。之所以选择了西表岛上的琉球野猪，除了我所做的研究的关系，最重要的原因就是猎人和野生野猪赌上性命的对决吸引了我。

在西表岛东部，我有幸听新城宽好先生讲述了他以前用猎犬和长枪狩猎野猪的故事。他那时身穿和服光着脚进行狩猎，这让我很吃惊。对于野猪的研究，花井正光、蛎原一平和安间繁树等做得最多，我从三位那里受教不少，尤其要对新城先生表示由衷的感谢。

接下来，我们来谈谈黑熊的故事。

最近，黑熊频繁进出人类村庄。它们闯进农家，有时还会伤人。以前从来没有过这种事。这究竟是怎么回事？

有一种说法是，山里歉收，橡子类的食物减少了，黑熊为了觅食就来到了人类的村庄。迄今为止遇到过好几次歉收的年份，不过黑熊很少像现在这样毫无顾忌地跑到村庄里来。而且这种现象并非只局限在特定地区，涉及近畿、北陆和东北地区，因此应该还有更加深层次的原因。虽然这是个难以回答的问题，不过我觉得其原因在于山林的毁坏和农林业的急剧变化。

所谓山林，是指保障农家生活的矮山。山林的作用首先是提供燃料。现在不管是做饭、洗澡、烧暖气都使用电力、天然气或石油，现在的孩子们或许想象不到，五十年前，人们用的燃料主要是木炭和柴火。不仅仅是农家，一般家庭做饭洗澡用的都是柴火，取暖也是用烧炭的火盆或被炉。

山林不仅为人们提供燃料，还赐给人们很多东西。带叶子的小树枝、草和枯叶等都可以用作肥料，还有松蘑和蕨菜这类山野菜、修葺屋顶用的茅草等等，人们从山林那里获取了许多生活上的必需品。然而，从一九六〇年左右开始，燃料变成了石油、天然气和电，肥料也变成了化学肥料，茅草葺的屋顶更是越来越少。

山林成了没用的东西。

人们觉得山林闲置下来很浪费，于是就开始采伐山里的阔叶林，还奖励人们种植可以用作建筑材料的杉树、丝柏和落叶松。

然而，这下糟了。人类的想法完全错了。外国进口的树木越来越多地以便宜的价格输入进来，这把日本的林业逼到了绝路。好不容易把树都种上了，树木长成森林以后却没有人照料。结果，山林变得越来越黑，不再适宜动物们居住。

山林原本就是人类和野生动物共享的土地。野猪和鹿是山林里的动物。熊和猴子则把山林和深山都当作自己的栖息之所。人类进入山林时，动物们会客气地躲起来，人类离开以后，它们会出来自由地觅食，无拘无束地生活。

然而，山林被人类抛弃后，完全变成了野生动物的地盘。动物们这下该高兴了吧？事实并非如此。树木长成以后，针叶树林并不会像阔叶树林那样结出丰实的果实，因此动物们无法在森林里居住下去了。于是，它们无奈之下来到田里，开始吃农作物。

田地原本是人类的土地，野生动物是不应该来的。然而，农村人口在减少，机械作业也发达起来，平时的田里基本看不到人影，动物们即便跑到田地里也没有人驱逐它们，于是野生动物开始大模大样地出入农耕地。

熊本来是深山里的动物，偶尔会到山林里来。可是，当山林成为动物们的天下时，熊也渐渐在山林里居住下来。当山林还是人类和动物的共享地盘时，熊对人有所忌惮，尽量避免和人相见。可是，现在人不再出现在山林里，出生的动物幼崽也无从知道如何与人类相处，不知道人类有多可怕。熊因为要冬眠，必须在秋天摄入大量食物，储蓄能量。到了山里歉收、橡子类果实匮乏的年份，它们不得不来到农耕地里寻觅食物。即便柿子树上结满果实，现在的孩子也不会去吃。这简直就像专门为熊准备的食物。

许多跑到村庄里的熊都是这种年轻的熊。年轻的熊若无其事地进出村庄，有些原本害怕人类的年老的熊就会想："看来没有危险。"于是也开始跑到人类的村子里来。二〇〇四年一年中，就有四千七百八十六只熊被捕。其中通过驯化放归山里的只有四百九十八头，事态非常严重。如果以危险为理由将熊抓了就杀，黑熊迟早也会像日本狼那样走向灭绝。

不过，事情似乎还有希望。有的县已经像兵库、滋贺和京都一样，驯化放归率超过了百分之八十，现在需要做的，除了控制农业受灾以外，还要让大家都有保护野生动物的意识，并且建立一个实施保护措施的行政组织。在兵库县，"森林野生动物研究中心"于二〇〇七年四月成立。这是一个研究和实施野生动物保护和防灾对策的机构，由研究员和保护管理专员组成。希望今后在日本各地都能建立这样的专门机构，创建一个人与动物和谐共处的社会。

Kawai Masao No Doubutsuki (5) Mori No Inoshishiou Daiban
Copyright © 2007 by Mato Kusayama & Keiko Kanao
First Published in Japan in 2007 by FROEBEL-KAN COMPANY,LIMITED.
Simplified Chinese edition copyright © 2025 by Beijing Dandelion Children's Book House Co., Ltd.
Through Future View Technology Ltd.
All rights reserved

版权合同登记号 图字：22-2023-044

图书在版编目（CIP）数据

征服森林的野猪王 /（日）草山万兔著；（日）金尾惠子绘；孙雅甜译. -- 贵阳：贵州人民出版社，2025.4
（世界动物小说）
ISBN 978-7-221-18254-8

Ⅰ.①征… Ⅱ.①草…②金…③孙… Ⅲ.①长篇小说－日本－现代 Ⅳ.①I313.45

中国国家版本馆CIP数据核字（2023）第257211号

SHIJIE DONGWU XIAOSHUO
ZHENGFU SENLIN DE YEZHUWANG
世界动物小说
征服森林的野猪王
［日］草山万兔 著 ［日］金尾惠子 绘 孙雅甜 译

出 版 人	朱文迅 策 划 蒲公英童书馆
责任编辑	颜小鹂 蒲 仪 装帧设计 王学元 曾 念 责任印制 郑海鸥

出版发行	贵州出版集团 贵州人民出版社
地 址	贵阳市观山湖区中天会展城会展东路SOHO公寓A座（010-85805785 编辑部）
印 刷	鸿博昊天科技有限公司（010-87563716）
版 次	2025年4月第1版
印 次	2025年4月第1次印刷
开 本	880毫米×1250毫米 1/32
印 张	7.125
字 数	126千字
书 号	ISBN 978-7-221-18254-8
定 价	39.80元

如发现图书印装质量问题，请与印刷厂联系调换；版权所有，翻版必究；未经许可，不得转载。
质量监督电话 010-85805785-8015